旅伴文库·小说精品城际阅读

聂震宁 / 总主编
贺绍俊 / 主编

李选的踟蹰

弋舟——著

漓江出版社
·桂林·

图书在版编目 (CIP) 数据

李选的踟蹰 / 弋舟著 . -- 桂林 : 漓江出版社,
2022.1 (2022.2 重印)
(旅伴文库 : 小说精品城际阅读)
ISBN 978-7-5407-8944-2

Ⅰ . ①李… Ⅱ . ①弋… Ⅲ . ①中篇小说—小说集—中国—当代 ②短篇小说—小说集—中国—当代 Ⅳ . ① I247.7

中国版本图书馆 CIP 数据核字 (2020) 第 215790 号

LIXUANDECHICHU
李选的踟蹰
弋舟　著

出版人：刘迪才
丛书策划：张谦
责任编辑：王坤
书籍设计：石绍康
责任监印：张璐

出版发行：漓江出版社有限公司
社址：广西桂林市南环路 22 号　邮编：541002
发行电话：010-65699511　0773-2583322
传真：010-85891290　0773-2582200
邮购热线：0773-2582200
电子信箱：ljcbs@163.com
微信公众号：lijiangpress
印制：朗翔印刷（天津）有限公司
[天津市宁河区潘庄工业区六经路南侧　天津市鹏赢工贸有限公司院内 5 号厂房　邮编：301508]
开本：880 mm × 1230 mm　1/32
印张：5.75　字数：66 千字
版次：2022 年 1 月第 1 版　印次：2022 年 2 月第 2 次印刷
书号：ISBN 978-7-5407-8944-2
定价：39.80 元

目 录

Contents

总 序

聂震宁

《旅伴文库》乃应时而生的出版项目。当今之世，既是提倡全民阅读之时，又是全民旅行已成热潮之际，正应了古人“读万卷书，行万里路”的人生信条。究其实，现代交通工具大大方便了百姓的出行，旅行几乎成了普通民众的一种生活常态，“行万里路”已成简单的事情；而全民阅读则还在国家、社会的提倡中，普通人真正要“读万卷书”，似乎还比较困难。然而，唯其难，故而需要多方设法推动，长期用心提倡。漓江出版社策划设计这一文库，既顺应了现代人出行的需要，更是为全民阅读助力，颇具趁旅行热潮助推全民阅读，借全民阅读提升旅行质量的匠心。

相比较已经形成热潮的旅行，全民阅读似乎还不够热。尽管国家为倡导全民阅读加大力度，各级政府为开展全民阅读提供政策支持，每年“世界读书日”各地开展活动有声有色，“书香中国”活动在全国范围风生水起，家庭阅读、校园阅读、社区阅读、机关阅读渐次开展，有识之士一直在呼吁让阅读成为一种生活方式，然而，平心而论，许多主要是在外力推动下开展起来的阅读，距离“让阅读成为一种生活方式”愿望的实现，还有长路要走。

如何才能让这一愿望成为现实呢？我们以为，让阅读与日常生活相伴或许是努力的主要途径。全民旅行热潮形成，旅行已经成为普通百姓的一种生活方式，提倡在旅途中阅读也就是比较自然的事情。国际上曾有过“中国人不爱读书”的负面评价，评价者所举证的，正是旅行途中许多发达国家人士在读书，而许多中国人并不读书，颇使得许多极具荣誉感和自尊心的国人心中不爽。其实，要改变这一国际负面印象并不困难，最直接的办法就是让更多国人在旅行途中读起书来。当然，在旅行途中读书并非为了做样子给国际人士观赏，挣回一点面子，而是全民阅读之树必然开出的日常生活之花。《旅伴文库》正是为了催生这美丽的花朵而做出的努力。《旅伴文库》的出版宗旨“人生漫旅，好书伴你”，就是出版人真诚而温馨的承诺。

事实上，开展在旅行途中的阅读，对于提高我国旅游事业的质量也是大有裨益的。对于国人的旅行，一直都有些负面的评价，认为其盲目、简单、粗糙，缺少文化内涵和审美情趣，还有就是不读书。这些负面评价已经成为国民素质不高的重要证据。知书达理或知书达礼，不爱读书的民族谈何文化内涵和审美情趣！于是，近些年来，就有许多关于改善旅行生活、提高旅行质量的意见提出，其中有一条意见颇具感染力，那就是“带一本书去旅行”。

“带一本书去旅行”，其直接的用意是让人们在旅行途中闲暇时刻不至于无所事事。古人主张“第一等好事还是读书”，那么，人在无所事事时，第一等好事更应当是读书了。人在旅途中，休闲时也要保持着优雅的生活姿态，而阅读正是一个人最优雅的生活姿态。旅行是一个发现美、欣赏美的过程。“带一本书去旅行”，既可以读书明理，也可以直接帮助我们丰富旅行知识，探寻美的存在，增加旅行的深度和厚度。旅行即意味着暂时摆脱日常世俗生活的纷扰，暂时忘却生活中某些庸俗无聊的烦恼，所谓“偷得浮生半日闲”，让身心得到休养，那么，“带一本书去旅行”，可以借一本好书帮助我们超凡脱俗，让一本好书高雅的气质陪伴我们的灵魂，让一次次旅行成为与一本本好书相伴随的精神之旅。

应时而生的《旅伴文库》，其用意就是倡导“带一本书去旅行”，让精品图书成为旅行者的精神伴侣。在全民旅行热潮扑面而来的同时，也要让全民阅读热潮相伴而去，让“读万卷书，行万里路”的理想成为现实。

为了旅途阅读而设计的《旅伴文库》，自然要更多顾及旅行阅读的特点。旅行阅读当然是各有所好，专门为旅行者出版的图书，则要更多体现旅行者阅读的便捷、休闲、审美、精粹等需求的特点。《旅伴文库》的各个子系列设计得很具匠心。其中，“散文精品城际阅读”系列，一辑只选 7 位作家，颇有“七剑下天山”的气概；每人每本不过十来万字，极大突出了精选的精神，再配上雅致便携小开本软精装，精编精印，想必能吸引读者眼球而令人想要一睹为快。“漓江的书，买了再说”，是 20 多年前本人在漓江出版社社长任上为该社拟定的广告语，出版人的自信自许，竟然在这个系列的设计中重新得以体会。

《旅伴文库》已经出版“散文精品城际阅读”两辑共 14 种，每辑各有 7 人 7 种。第一辑有刘亮程的《半路上的库车》、朱秀海的《一个人的车站》、王剑冰的《水墨周庄》、徐则臣的《去额尔古纳的几种方式》、陈彤的《玻璃栈道》、阿德的《北行记》和董谦的《种稻记》；第二辑有彭程的《头脑中的旅行》、乔叶的《一杯白茶》、陆春祥的《霓裳的种子》、顾建平的《冬天我到南方》、谷禾的《黑棉花，白棉花》、陈世旭的《俗可以，别太俗》和王可越的《万物与我》。入选的每一位作家都以实力呈现，努力奉献自己卓具新意的作品。在邀约散文名家加盟过程中，散文专辑的主编、著名散文家王剑冰先生主张作品质量优先，要求新人新作质量必须上乘是自不待言，而名作家必须以力作入选则体现态度的严肃，因而，14 人 14 本小书实在称得上是精选精编而成，阵容齐整。自图书面世以来已经引起许多读者的兴趣，良好的市场效应和文学出版业内的好评，使得出版社信心倍增。

漓江出版社乘胜前行，《旅伴文库》又有“小说精品城际阅读”第一辑即将面世。第一辑的主编是贺绍俊先生。他曾经担任《小说选刊》杂志社主编，不但是著名的选家，还是著名文学评论家，其代表作就有《铁凝评传》等。贺绍俊先生邀约了7位堪称实力派的小说家加盟。7位作家四女三男，风格各不相同，放到一起来读，令我们竟有斑斓之感。

正由于眼前的小说家们让我们有了斑斓之感，我觉得有必要给读者们一一介绍。

女作家中有程青。这位曾被论者称赞为“创作稳定、持久、优质，具有一个作家天生应该具有的素质”的女作家，用曾经获得老舍文学奖的小说名作《十周岁》加盟。《十周岁》是一部杰作。作品把20世纪70年代的民间生活描摹得精细入微、有声有色，人物刻画得栩栩如生，令人不由得会惊叹作者透彻的生活观察力和出色的想象能力。

女作家中还有薛燕平。她在20世纪90年代的中国小说界展露风姿，也曾经获得过老舍文学奖，现旅居匈牙利。她的《曾经》一书收入的《曾经》《蓝》两篇名作，饶有兴味地讲述北京城普通百姓平淡自然有趣而时有情感波澜的日常生活。有论者指出:“薛燕平在北京胡同长大，这里成了她的文学福地。她在这里开掘了一口深井，她的小说资源几乎都出自这口深井。”

第三位女作家则是陶丽群。有论者认为陶丽群的小说“有梦的质地，惯于以最安静最平淡的方式暗示出一个人内心深处至为隐秘的关切”。我觉得她总是写得很细腻。她曾经获得过《民族文学》的年度优秀作品奖。她这次以《寻暖》一书加盟，书中收入了她颇具可读性的《寻暖》《白》两部佳作。前者讲述了一位被拐妇女悲凉无奈的一生，后者写单亲母亲把患有白化病的女儿托付给一位终身未婚的老太太的故事。作品尽管都在书写人的悲苦，可并不让人感到绝望，反而能激起读者内心良善的愿望。

第四位女作家是曾经获得鲁迅文学奖的叶弥。她的《成长如蜕》一书包括了《成长如蜕》《消失在布达拉宫的一头鹰》两部奇作。那么，何以称它们为奇作？首先是因为《成长如蜕》是她创作的第一篇小说，第一篇小说就引来许多喝彩，有论者认为她“灵感有如天赐，妙笔宛若天成”；而《消失在布达拉宫的一头鹰》，书名即令人惊奇，加上作家以平静而简练的笔法，描述了一个简单而情节富有张力的故事，并放射出不同寻常的光芒，故而我称之为奇作。

这里的男作家有夏商、弋舟、石一枫。虽然加盟作家男少女多，却丝毫不意味着阴盛阳衰。三位男性作家的作品阳刚之气十足，足以体现实力派作家的劲道。

夏商就是那位曾经在 1999 年策划“后先锋文学”活动，组织 20 多位后先锋作家发表小说和文论，造成 20 世纪末重要文学现象的颇具冲击力的作家。他曾有小说入选美国杜克大学《中国当代短篇小说高级读本》。这次入选的《初恋两种》由《我的姐妹情人》《恨过》两部小说构成。这位提倡后先锋文学的作家，将用内涵丰富的两种初恋来叩击读者的心灵。

曾经获得过鲁迅文学奖的弋舟以《李选的踟蹰》一书加盟。书中收入了《李选的踟蹰》《空调上的婴儿》两部小说，前者描写人际间的情感纠葛，后者讲述一位丧子母亲的永久伤痛，敏感而深致。这位还获得过《小说选刊》《小说月报》等重要刊物优秀作品奖的作家，正如有论者指出“始终保持着优雅的姿态”那样，即便讲述伤痛，也能给我们哲理和美学的暗示。

同样获得过鲁迅文学奖和《小说选刊》《小说月报》等重要刊物奖励的作家石一枫，他为读者带来的是中篇小说《营救麦克黄》，这部作品入选2016“《收获》文学排行榜”中篇小说排行榜。有论者指出石一枫“有一双捕捉时代人物的鹰眼”，他的小说往往从身边小人物切入，讲述属于这个时代中国人的命运，营救狗狗麦克黄的故事想必会让读者读来觉得生意盎然。

《旅伴文库》在“散文精品城际阅读”两辑之后重磅推出“小说精品城际阅读”第一辑，形成更大格局和不凡气象，相信这不仅会成为文学界、出版界各位同好的共识，也会成为众多文学读者的真切感受。更重要的是，当众多旅行者决心“带一本书去旅行”时，有了这些可爱而精致、精美的口袋书可供选择，可以从中找到温情相伴的旅途伴侣，成为一次快乐旅行的美好开始，自然是一件令人愉悦的事情了。

2021年2月第三稿

聂震宁，第十、十一、十二届全国政协委员，中国作协全国委员会名誉委员，中国韬奋基金会理事长，中国出版协会副理事长，《旅伴文库》总主编。

李选的踟蹰

使君从南来，五马立踟蹰。

——汉乐府《陌上桑》

一

李选闲极无聊，在百度上敲下曾铖的名字。她想，叫这个名字的人不会太多，没准真的就被自己搜出来了。果然，搜索页面的第一页，就冒出来她这个阔别多年的小学同学。曾铖在成都，如今成了画家。这个信息让李选有点儿欣慰，好像曾铖的现状满足了她内心的某种预期。李选隐约觉得，这个曾铖，就该是个有出息的家伙。要不将近三十年了，自己为什么还会想起他呢？小时候的曾铖，在孩子堆儿里，就是那种风头十足的，显山露水地调皮和显山露水地聪明。李选点了百度的“图片”选项，如今的曾铖和他的画儿，出现在了显示器上。画儿是油画，李选看不出好坏；但通过照片，她看出来了——这个显示器上的“曾铖”，的确就是她要搜索的那个曾铖。这个曾铖，当然不是儿童时期的曾铖了，在显示器上挂着一丝中年男人玩味着什么的笑，但定睛看，眉眼还是小时候的模样。

曾铖做了画家，人在成都。后来在一次初中同学的聚会中，李选把这个信息告诉了雷铎。雷铎和曾铖上小学时是最好的朋友，小学毕业后上了不同的中学，从此就没了音讯。初中同学聚会，一开始很热闹，但热闹之余，也有些不尴不尬。毕竟，如今每个人的境遇千差万别，再也不复当年，大家完全是平等的。所以三三两两，在大的气氛下，又划出了一些小团体，各自找各自不感到别扭的人说话。李选和雷铎从小学起就是同学，这一点似乎成为了两人互相“不感到别扭”的理由。在饭桌上两人挨着坐，雷铎随口问李选知不知道曾铖的下落。李选说知道——曾铖现在是一个画家，住在成都。

过去了一段日子，有天夜里雷铎给李选打电话，高兴地说他联系上曾铖了，刚刚才跟曾铖通了电话。李选把儿子哄睡着没多久，正有些困，听了这话一下子也有些兴奋。雷铎告诉李选，他是通过网络找到曾铖的——在一家艺术网站，他查到了曾铖的 QQ 号。为了获取这个有价值的信息，他不厌其烦，在那家网站注册了会员，因为不如此，他就无法查看曾铖的资料。

“我在 QQ 上加他，没想到这小子立刻有了回音——用了不到三秒钟！”雷铎兴冲冲地说，“我们马上通了电话！真不容易，都快三十年了！怎么样，咱们上成都看曾铖去？今晚还有到成都的飞机没？”

李选看了下表，夜里十一点多了。“你神经吧？这么晚了。干吗问我还有没有飞机？”

雷铎说：“你不是在卖机票吗？上次聚会，你还叮咛我以后要买机票就找你。”

李选说："我说过吗？"

雷铎肯定地说："你说过！"

李选定定神说："哦，那可能真是说过。不过我现在不卖机票了。"

雷铎说："咦，你这人怎么朝三暮四的。"

李选怕他继续纠缠这个话题，说："怎么样，曾铖现在还好吧？"

好在雷铎的思维很跳跃，立刻又跟她说起曾铖来："看来还不错，在大学任教，联系之前我做足了功课，在网上搜遍了跟他有关的信息。这小子如今貌似有些名气了，画儿好像也能卖上些价钱。"

李选问："那他还能记得咱们这些小学同学吗？"

雷铎说："当然。"

李选说："当然，他当然记得你，你们俩当年形影不离的，其他人就未必了。你跟他提我了没？"

雷铎说："提了，把你 QQ 号也告诉他了。"

李选说："他记得我不？"

雷铎如实说："他说不记得了——但是好好想想，没准就想起来了。"

李选有点儿失望。这感觉是很勉强。毕竟，大家分开快三十年了，曾铖不记得她，是完全可以理解的。但是她却记得曾铖。这就不公平了，让李选的自尊心有些受伤害。和雷铎通完电话，李选困意全消。本来她已经准备睡下了，这时候干脆又起来打开电脑。上了 QQ，果然有申请加她好友的提示。曾铖在申请中言简意赅地敲着"老同学"三个字。李选通过了他的申请，刚刚加上，曾铖就给她发过来一个表示拥抱的图片。两个人通过网络聊起来。

李选说："曾铖你不记得我了。"

曾铖说："是有些模糊。不过呢，我刚刚进了你的空间，看到你照片了，仔细瞅瞅，就想起来了。"

李选说："骗人吧？过去这么多年了，你能看张照片就想起小时候的同学？"

曾铖说："如果事先不知道这是我小学同学，估计就想不起了。但是带着这个想法去辨认，还是能够认出来的。怎么说呢，记忆一下子就被唤醒了。何况，雷铎在电话里跟我说，你是咱们同学中变化最小的。”

李选说：“那你被唤醒什么了？”

曾铖说：“我记得是有这么个女生，黑黑的……”

李选说：“讨厌！”

曾铖说：“所以看了你现在的照片，我就很惊讶，这么一个漂亮女人，怎么在我记忆里居然没扎下根？”

李选说：“当然扎不下根，黑黑的嘛。”

曾铖说：“就是这个反差，让我都有些怀疑自己的记忆了。你现在显然不黑呀……”

李选说：“那你还敢说看到照片就想起我了？”

曾铖说：“这就是奇妙之处，换了个颜色，但反而更像我应该记住的那个女生了。”

李选问：“什么叫‘应该记住的’？”

曾铖说："这个倒不大说得清楚了，应该算是潜意识吧，莫名其妙，就觉得应该记住这么个人，然后，自己都不察觉，却在某一天突然恍悟——心里面原本有一张这样的底片。"

李选一下子有些无语，觉得曾铖说的这种感觉自己似乎能够体会。

曾铖问："雷铎说是你告诉他我在成都的，你怎么知道的呢？"

李选说："我在网上搜出来的。"

曾铖说："怎么会想起来搜我？"

李选说："心里面原本有一张这样的底片呗。"

曾铖说："不错。可能是到岁数了，大家突然都开始忆旧了。前段时间，李兰也是通过网络把我给找到了。李兰你还记得不？"

李选想了一下，说："记得，大眼睛，白，挺娇小的一个女生。"

曾铖说："对，是她。我们还见着了，她来成都办事儿，顺道聚了一下。”

李选倏忽有些不快，说：“怎么样，这张底片还是当年娇小的样子吧？大眼睛，白。”

曾铖似乎在犹豫，过了一会儿才敲出“不好说”三个字。很奇怪，随着这三个字的出现，两人似乎都有些不知该说什么了。突然就有些意兴阑珊。这时候来了条短信，李选看了手机，是张立均发来的，也是只有三个字：睡了没。张立均难得在这个时候发短信过来，下午的时候他对李选说过，晚上要和省里的某位领导吃饭，李选想张立均现在可能是喝多了。于是回复他：正准备睡，已经上床了。你喝多了？结果却没了下文。李选望着电脑上的QQ界面，一瞬间茫然起来，心思浩渺，仿佛在进行着一场无比漫长的等待，而且，还要这么无比漫长地等待下去。网络那头的曾铖，这时候也仿佛蒸发在虚拟的世界里了。他的QQ头像灰了。李选呆愣着，有几分钟脑子里一片空白。回过些神，她想，张立均干吗发这条短信呢？嘘寒问暖？这不是张立均的风格。他从不会用这种方式来嘘寒问暖，而且，也几乎是不会用任何方式来嘘寒问暖的吧？张立均只是在公司里给李选提供一些优渥的待遇，薪水发得多些，职务升得高些——而这些，对于张立均而言，不过是易如反掌的事，跟“嘘寒问暖”似乎扯不上边儿，没有那种用心的程度。况且，这些优渥的待遇，仍旧需要李选用具体的业绩来兑现。一开始，张立均就把李选纳入了很正当的职场规矩里。这倒也让李选感到心安，心里少了那种“交易”的感觉。然而实质上，李选明白，自己和张立均之间，铜铜铁铁，就是一种交易的关系。否则，凭什么她的薪水就应当多些，职务就应当高些？是她的能力格外比别人强一些吗？李选有自知之明，她知道，不是。但张立均不去强调这种关系的本质，让她获得了掩耳盗铃式的安慰感。那么，这条深夜发来的短信，什么意思呢？——查岗？这个念头一蹦出来，李选自己都自嘲地笑了。不会的，她对自己说，张立均不会有这个兴致。交往半年多，张立均对于李选的私生活根本没有兴趣，李选作为一个单亲妈妈的所有烦恼和自由，都没有因为张立均而发生变化。甚至，在李选的感觉中，倒是有了这个男人，她的烦恼和自由反而更充分、更牢固了，成了雷打不动的烦恼和自由。烦恼就不用说了，自由呢，是因为张立均强势地存在着，用他的态度表明了——两个人各是各的事儿，我根本不管你做什么，由此，你也务必打消对我的非分之想。这个结论挺凶狠的，李选一边享受这样的自由，一边消化个中的烦恼。对于张立均，她会有什么非分之想吗？八成是没有的，余下的那两成，是一个女人天性里的东西，也不用认真对待。当半年前被张立均带进酒店的客房时，李选就明白自己跟这个男人之间有多大的落差。这种落差不牵涉贵贱，是一种物理性质的，很客观，好比一个一米八的人相对于一个一米五的人。李选很自尊地想，作为一个人，她并不觉得张立均就比自己优越多少，他不过是个头高一些。张立均的个头体现在他的财富上。而我，李选想，不过是没钱，拉着个四岁的男孩，在年近不惑的时候还要为生存奋斗罢了。认清了这种落差，同时又不因此格外地自我轻视，李选觉得面对张立均时还是挺轻松的，不过是一个女人天性中的那“两成”偶尔会蹦出来作祟一下，让她像所有面对这种状况的女人一样，心生幽暗的踟蹰。这种滋味，真的是不好说。李选在这天夜里，不经意地想着，就在键盘上敲下了：怎么不好说？这个疑问更多是在针对自己。远在成都的曾铖好像已经下线了，显示器上的 QQ 界面在李选眼里像一面可以用来自我审视的镜子。她空洞地凝视着。想不到曾铖的头像突然又闪烁起来，应道，我总不能跟你说人家李兰现在已经面目全非了吧。

李选收拢心思，回顾了一下刚才两个人之间的对话，问他：“怎么，李兰变化有这么大吗？”

曾铖没有回答，发过来一张女人的照片。照片上的女人白皙丰腴，因为有了前面的铺垫，李选一眼认出了这个曾经的女同学。“我觉得还好啊，还有当年的影子，大眼睛，白，就是胖了一些。”

曾铖说：“何止‘一些’？简直是胖到令人心碎。”

李选说：“这么夸张？还令人心碎？就算人家胖了，你心碎什么？”

曾铖说：“你想啊，曾经那么轻的一个女生，被岁月弄成了这么重，难道不令人心碎吗？而且，这种分量的改变是跟我们同步的，由此及彼，我们就看到了自己的不堪。”

李选在心里默念着“轻”“重”，好像一下子掂量出了某种的确足以令人心碎的分量。“是啊，老了我们。可是你对人家的轻重也太在乎了吧？”

曾铖发过来一个表示“冷汗”的表情，说：“我们小时候谈过恋爱呢。”

李选兴奋了，说：“真的假的？瞎说吧，那时候才多大？十二三岁吧，咱们毕业那会儿？”

曾铖说：“是咱们小学毕业后的事儿。我跟李兰上了同一所中学，但不在一个班。初中毕业那年，她参军走了。走之前，突然有一天跑到我家，跟我说她喜欢我……”

李选说：“哈！说反了吧，不是你跑到李兰家跟人家说你喜欢人家吧？”

曾铖说：“还真不是。我那时候是调皮点儿，但基本没长熟，多少有点儿稀里糊涂的。”

李选说：“想不到，李兰那时候看着挺单纯的。”

曾铖说：“是单纯，而且她这么做，还是因为单纯。多年后我想明白了，那时候，她不过是因为要离家远行，心里突然多了很多忧愁，这种情绪又没有其他渠道可以排遣，再加上多少还有些懵懂地怀春，就假想了我这么一个对象吧。”

李选说：“那她怎么不去假想别人？”

曾铖说：“不知道。可能我们两家住得近吧。”

李选说："跟你住得近的女生多了，我跟你住得也不远。"

曾铖说："所以当年我开门看到李兰时，还想，咦，怎么不是李选？"

李选禁不住笑起来。"去你的，你那时候根本想不起我，我黑呗。后来呢？"

曾铖说："后来她就当兵走了，好像去了甘肃的张掖，断断续续给我写过几封信，我都没回。再后来，就杳无音讯了。"

李选说："你干吗不回人家信？"

曾铖说："那时候我也在自己的憔悴期，浑浑噩噩的，自顾不暇。"

李选问："憔悴期？"

曾铖说："青春期呗，可不就是憔悴期。"

李选突然不想就此说下去了，改口说："找到你，雷铎可兴奋了，打电话给我，立刻就要去看你的架势。"

曾铖答：“我也挺激动的。当年我们俩最好，不是我去他家睡，就是他到我家睡。我也正想怎么找到他呢。这下好了，联系上了，过些天我就回西安看你们。”

李选说：“别‘你们’，要看你也是看雷铎还有李兰吧，你又不记得我。”

曾铖只好“嘿嘿”，说：“总之西安我是经常回去的。我父母还在西安。”

李选追问一句：“联系到我你激动不？”

曾铖说：“激动！”

李选问：“激动啥？”

曾铖说：“雷铎在电话里告诉我，你嫁了个韩国人，出国生活了一段时间，现在离婚了，独自带着个男孩。”

李选一怔，心想这个雷铎怎么什么话都跟人说呢，抱怨道：“真是的，他嘴怎么这么大？我这点儿事就让你激动了？”

曾铖答："也不全是为这点儿事。还是高兴，人到这岁数，找到任何小时候的伙伴，都会觉得有点儿山重水复的滋味吧。"

李选说："你别尽'这岁数'，别强调这个，我不想知道我有多老。"

曾铖说："是，你照片上还是风华正茂的样子。"

李选随手敲出"好看不"，这几个字蹦到显示器上，她立刻就有些后悔，好像自己是有些轻浮了。一瞬间，李选想到了自己的前夫。当年，在一次朋友的聚会中他们相识了，而她疯疯癫癫，也是对这个韩国男人冒出了一句同样的话——我好看不？就是这句话，成为了那场婚姻的导火索。李选是双鱼座的，据说，这个星座的人外表与骨子里都风骚。李选并不觉得表里如一的风骚有什么不好，但现在她不想让曾铖对她产生这样的感觉。

曾铖回答得好像挺诚恳，他答："好看。真的。"

李选说："真什么，眼睛没李兰大，皮肤没李兰白。”

曾铖说：“这些都不是我审美的指标，你要相信我的眼光。”

李选说：“对了，忘了你是个画家了。”

其实，按照李选的性情，她多半是会追问：那么，以一个画家的审美，我好看在哪儿？但是她突然有些谴责自己的做派，很正经地继续说：“我不爱把自己的事四处张扬，本来雷铎也不知道我离婚了，是有一个我们的中学同学，跟我关系比较好，我回国后，她张罗着给我介绍男朋友，说雷铎如今算是个富人了，身边的有钱人不少，撺掇着让雷铎给我物色一个。”

曾铖说：“哈，雷铎给你物色上没？”

李选的情绪忽而消沉下去，感到困意又兜头蒙了上来。“都是玩笑，哪儿就真这么指望了。”

曾铖说：“就是，你哪儿用人帮你物色。你现在正是好时候。‘使君从南来，五马立踟蹰’，该是坐等男人上门来追求你。”

李选复制了他的话，问：“‘使君从南来，五马立踟蹰’——什么意思？”

曾铖说：“汉乐府中的诗，意思是说，男人从你家门口过，难掩心痒，徘徊不去。”

李选说：“去你的。别掉书袋，我基本上算文盲。你呢，还好？”

曾铖说：“跟你差不多吧。”

李选说：“离了？”

曾铖说：“离了。”

李选在困倦中又是一阵没有来由的欣慰，好像曾铖的“跟你差不多吧”又满足了她内心的某种预期。李选隐约觉得，这个曾铖，就该是个也要离婚的家伙。

李选问：“孩子多大了，男孩女孩？”

曾铖说男孩，九岁了，接着他话锋一转，让人看不出是否在开玩笑：“你看李选，咱俩鳏寡孤独的，干脆凑一块儿过日子吧？”

李选说：“去你的。睡了。”

两人留了彼此的手机号码，互道晚安。关了电脑，李选又去洗了洗脸，她怕电脑的辐射会损害自己的肤色。上床在儿子身边躺下后，想起曾铖最后冒出的那句话，李选不禁失笑。

二

李选把儿子送到幼儿园，来到公司已经十点了。公司是集团刚刚为新业务成立的，她被张立均任命为副总，目前工作还没有全面展开，事情不是很多，所以在这个钟点走进公司，也没有引起别人太大的关注。李选进了自己的办公室，冲了包速溶咖啡，打开了电脑。

昨晚李选睡得不好，早上起来，第一个念头就是抓起手机给张立均发了条短信：昨晚喝多了？然后她才去洗漱。把自己收拾停当，接着就是招呼儿子起床。李选的儿子叫金皓，很多人都劝她，干脆让儿子随她姓好了，但她觉得这完全没有必要。她觉得，相比反复无常的生活，孩子姓什么根本不是个问题。保姆已经做好了早餐，儿子一如既往地不好好吃。李选耐着性子用小勺给儿子喂粥，注意力全集中在儿子的嘴上。张立均电话打过来的时候，她一下子有些反应不上来。

张立均说："怎么给我发这种短信？"

李选愣怔着。"这种短信……什么？"

张立均沉默了半晌，说："你没事吧？"

李选有了头绪，说："是你昨晚发短信过来了啊，回过去，又没了下文，所以就担心你是不是喝多了。"

张立均狐疑地问："我昨晚发你短信了？"

李选一惊："怎么？你不记得？"

张立均不做声，许久才说："下午见面说吧。"

说完他就挂机了。李选的手机还贴在脸上，一时间只是呆呆地看着儿子那张嗷嗷待哺的嘴。

电脑启动得有些慢，李选捧着马克杯，将转椅转向了窗外。公司在这栋写字楼的十九层，透过落地玻璃，李选可以看到环城立交桥上川流不息的车流。装在窗子里的外部世界在分秒不停地运转，这个屏幕中一样的画面让人有种戏剧性的徒劳感。办公桌离窗子有七八米的距离，阳光洒在橡木地板上，让这段距离显得分外空旷。李选喝了口咖啡，转回身子，在电脑上敲下“使君从南来，五马立踟蹰”。通过百度搜索，李选读到了那首《陌上桑》。这首诗语言浅近，李选不用费太多心思也差不多看懂了。诗里讲了一则采桑女罗敷拒绝官员引诱的故事。古代女子罗敷明艳高贵，不可方物，引得某位从门前路过的太守上前调戏。“使君自有妇，罗敷自有夫”，有趣的是，罗敷并没有义正词严地去驳斥对方，她用一种近乎兴高采烈的劲头，向引诱者夸耀自己的男人，说自己的男人不但官运亨通、家财万贯，而且肤白髯美，是个漂亮人物。在李选看来，这更像是一则斗富的故事，罗敷用来抵挡诱惑的本钱，是杜撰出比诱惑者更有说服力的家底。不知为什么，李选觉得这个古代女子将自己的男人说得天花乱坠，完全是一种自我虚构。可这种虚张声势又显得俏皮可爱，远远胜过铿锵的道德说教。李选一边喝咖啡，一边想，如果一个女人，身后有着罗敷所形容的那个夫君，她还会被这个世界所诱惑吗？当然不，起码被诱惑的概率会大大降低。但是，又有几个女人会摊上这样的夫君呢？罗敷就没有吧，李选想，这个古代女人其实是在自吹自擂，外强中干，用一个海市蜃楼一般的丈夫抵挡汹涌的试探。没准，那位凑上来的太守灰溜溜地一走开，罗敷进屋就会哭得上气不接下气吧？这样想着，忍俊不禁，李选嘴里的咖啡差点被呛出来。就在同一刻，泪水竟涌上了眼眶。两种截然不同的情绪混杂在一起，让她不能分辨自己的泪水究竟是因何而来。她记起半年前，当她从张立均身边醒来的那个早晨。酒店房间里那种特有的整肃与单调，即使隐匿在黑暗里，也让人有种超现实的感觉。她却很难将自己的感受比喻成一个梦，因为她清楚地知道，这一切正确凿地发生着。

QQ突然叫起来，是曾铖，他问候道："早。"

李选抽出张纸巾小心地吸干眼眶中的泪水，回道："不早了。"

曾铖说："我刚起床。"

李选说："你是艺术家，跟正常人有时差。"

曾铖不做声，李选以为他忙别的事去了，开始在电脑上浏览公司的业务报表。几分钟后，曾铖突如其来地冒出一句话："我不喜欢被区别出来，我没什么不正常。"

李选可以感觉到他语气中的不快，心想这也太小题大做了，不过是一句话而已。但连她也不明白，自己怎么就生出了一些歉意："怎么，生气啦？"

曾铖说："没有。我最不愿意被人强调成艺术家什么的。”

李选说：“好吧，算我没说。”

曾钺似乎是消了气，说：“干吗呢？”

李选挠挠头，心想这个家伙怎么显得有些理直气壮，更奇怪的是，自己对此居然不以为忤。她说：“现在吗，刚刚学习了《陌上桑》。”

曾钺说：“《陌上桑》？”

李选说：“对，使君从南来，五马立踟蹰。”

曾钺恍悟道：“哈！有什么心得？”

李选说：“没什么心得，倒是多了疑惑。”

曾钺问：“疑惑什么？”

李选说：“你说，那个使君在罗敷面前踟蹰的时候，罗敷心里有没有踟蹰呢？”

曾钺想了一阵，然后才答道：“我想是有的，而且可能踟蹰得更加凶猛。她的表现很夸张，竭力渲染自己有一个更棒的男人，其实心里可能很慌张，甚至是恐惧。”

李选说：“恐惧？”

曾铖说：“是，恐惧。小时候我常打架，这个你知道。有一次几个高年级的小子要揍我，我对他们叫嚣说，我哥可厉害了——你知道，我没哥。当时我就很恐惧，那心情，也许就是罗敷的心情。那种恐惧，比真的挨了顿揍都要强烈，因为随着我的叫嚣，我更清楚地认识到了外部力量的强大和我自身的卑微。”

李选说：“嗯，我想我能理解。我也觉得罗敷是在夸大其词。不过，这让她显得挺可爱的。”

曾铖说：“是啊，挺可爱的，张皇失措，无助，还要抵挡内心的魔鬼，只好给自己披挂上想象的铠甲。”

李选说：“她心中的魔鬼是什么呢？”

曾铖说：“简单讲，就是那种对于邪恶的向往和屈从，那种委身于诱惑的本能。这一点，我们人人都有。”

李选叹了口气："曾铖你太悲观了吧。"

曾铖发过来一张鬼脸，说："就是，我有时候自己都烦自己，总把一切往悲观去想。怎么样，睡了一晚上，我那个乐观的建议你考虑了没？"

李选问："什么建议？"

曾铖说："凑一块儿过日子咯。"

李选说："去你的。"

曾铖说："不是开玩笑，李选，你考虑一下，我现在要到你跟前踟蹰了。"

李选说："哈哈，你是使君？那我这个罗敷该怎么踟蹰才能抵挡你这个家伙？"

曾铖说："我不是使君，我没有那么威风。而且使君自有妇，罗敷自有夫，你我则鳏寡孤独。"

李选说："好像有点儿说服力。"

曾铖说："可不，所以李选你别踟蹰。"

李选突然觉得这个曾铖此刻是严肃的。这种感觉很微妙，尽管两个人是在虚拟的世界里交谈着，但李选总觉得曾铖就在眼前，甚至触手可及，他的表情、语气，乃至内心的态度，都可以被她觉察。李选晃晃头，说：

“曾铖别开玩笑了。我现在伤不起。”

敲出这些字的时候，李选感到自己也是严肃的了，好像很自然，就对曾铖打开了心扉。

曾铖说：“我没开玩笑。”

李选说：“快三十年没见了，咱们差不多就是两个陌生人。”

曾铖说：“你觉得咱们是两个陌生人吗？”

李选认真想了想，如实说：“嗯，好像又不是……”

曾铖说：“你看。我也觉得不是，这种事情不讲道理的，我就觉得可以跟这个李选相爱，在这个感觉上，我少有地乐观。”

李选吁了口气：“你也太容易爱了。”

曾铖说：“谁说的，我爱得不容易。况且，容易爱也不是一件羞耻的事。”

李选想这个曾铖的确跟正常人不一样，好像有些神经质——不过，似乎神经质得并不令人反感。（反而还有些可爱？）

曾铖又说：“我乐观一次不容易，你好好考虑啊，我下了，要出门办事儿。”

李选本来还想说下去，问问他“那你爱我什么啊”，现在只好飞快地打出“88”。

下午李选如期去了尔雅茶舍。这家茶舍和集团的总部在一个楼上，也是集团的产业，没指望赢利，几乎就是为张立均一个人开的。张立均每天下午三点钟都会去喝一个小时左右的茶。有时候他打电话给李选，让李选过去陪他坐一会儿。李选进去的时候张立均已经到了，偌大的一间雅室里堆满了他搜集来的瓶瓶罐罐，置身其间，即使穿着件颜色很艳丽的橘色毛衣，令他看起来也仿佛是刚刚出土的一样。午后的阳光很好，光线中能够看到飞舞的尘埃。

茶已经泡好了。张立均的是六安瓜片。李选的是祁红——这是她第一次陪张立均喝茶时点的，从那以后，张立均就不再征求她的意见，按部就班，永远让她喝着祁红了。李选坐在张立均的对面，中间隔着一张花梨木的根雕茶台。张立均饮了口茶，眼睛盯着手中的白瓷茶杯，问她，下半月能走开吗？李选说，应该可以，现在用的这个保姆还算不错。张立均点点头道，那你准备一下，公司代理的新产品需要去学习相关的技术，你去趟上海吧。李选说，好，我把家里安顿一下。随后张立均就没话了，专心地品茶。李选也不做声，安静地喝着自己的祁红。

终于，张立均开口说："短信是怎么回事？"

李选说："昨天夜里我接到你一条短信。"

张立均说："我没有给你发短信。"

李选从包里摸出自己的手机，调出那条短信，将手机递了过去。张立均接在手里，扫了一眼，又递了回来。他问道："你怎么回的？"

李选用一种竭力死记硬背的态度复述道:“正准备睡，已经上床了。你喝多了？”

她甚至有将标点符号也复述出来的冲动。

张立均说:“喏，我没收到。起码现在我的手机上没有这条短信。”

他是什么意思呢？他说“现在”没有，是否意味着他并不否认“曾经”有过？李选默默想着这件事情的来龙去脉，结论是:张立均的那部手机昨夜的确给她发过一条短信，而且，也收到过她回复的短信。睡了没？正准备睡，已经上床了。你喝多了？但是，发送与接收这两条信息的人，不是张立均。而且，这个人之后删除了痕迹。这意味着，昨天夜里，张立均的手机一度在另一个人的手里。这个人，是谁？李选依然平静地喝着茶，但是内心分明有着电流经过一般的动荡。她垂着头，但感觉到了，对面的张立均正在观察她。

张立均打破了沉默:“以后不要随便给我发

短信。”

“随便”这个词听起来很刺耳。李选嗅着茶香，平静地说：“我只是回了你的短信。”

张立均说：“你应该看出来，那条短信不是我发的。”

他的口气很古怪，像是在着意强调什么，又像是某种启发。李选想，他要启发我什么呢？无外乎是要让我知道他的手机被某个人短暂地操控着吧，这是显而易见的，莫非，他是在启发我对那个人展开联想？那么，那是一个什么人呢？女人？他妻子？甚至一个杀手？李选不易觉察地笑了笑。这个神秘的人，为什么要用他的手机给我发送那样一条短信？试探吗？李选想，如果是试探，那么对方对于她也是没有定论的吧，不知道她是谁，但是已经有所怀疑……李选既有些微微的激动，又感到了某种叵测的不安。

李选吃力地、近乎呢喃般地问：“那么，你知道是谁发的吗？”

张立均笑了一声，似乎是松了口气。但是他却没有回答李选，而是说起另外一个话题了：“知道我第一次见到你时，是什么感觉吗？”

李选依然陷在前面的情绪里不能自拔，她漠然地摇摇头。

张立均把身子向后靠了下去，慢慢地说：“当时你带着儿子，脸上显然有些浮肿，眼线没有画均匀，鞋子上也有泥巴。”

李选抬头看他。他背光坐着，身后是一面巨大的玻璃窗。窗外的天空一片瓦蓝。当李选视觉的焦点向他的脸上聚拢时，仿佛立刻被一个黑洞吞噬了。她看不清他。

张立均顿了顿，接着说：“我当时在想，是什么人，是谁，把这个女人弄成这样了。”

李选感到自己战栗起来。强烈的羞辱感让她感到了痛苦。她觉得眼前这个男人在羞辱她。那时候她在朋友的旅行社上班，朋友很细致，考虑到她的处境，只让她做些销售机票的轻松活儿，而且还允许她天天带着儿子去工作。

李选说：“你觉得我很丑吧……”

张立均说：“不是丑，是憔悴。”

李选下意识重复一句“憔悴”，她想起了曾铖的话——憔悴期。曾铖用这个词指称青春期，李选想，半年前那个“憔悴”的自己，却绝不是在青春期里——刚刚办理完离婚手续，因为是跨国婚姻，手续烦琐无比，她不得不往韩国飞了几个来回；只身带着儿子住在父亲家里，几乎天天要和父亲弄出些不愉快，以致父亲突然离家出走了……

李选说：“对于一个女人，憔悴就意味着丑。”

张立均纠正道：“不是，对于一个漂亮女人，憔悴意味着美。”

李选笑笑：“那我是瞎猫碰着死耗子了——我并不是故意要憔悴给你看。”

张立均说："我知道，憔悴这种样子是装不出来的。"

当初去见张立均，李选完全是为了缓和自己与父亲的关系。她父亲离职前是市政公司的领导，张立均事业起步之初主要和市政公司做生意，得到过李选父亲的照应。父亲让李选去张立均的公司就职，李选自己不大情愿。她觉得在朋友的旅行社卖卖机票，凑合着，也能过下去。那时候的李选，几乎已经接受了人生"憔悴"的基调。但父亲看不得她就这么"憔悴"下去，要她积极起来。从小李选和父亲之间的关系就很紧张，她母亲身体不好，李选的情感更多寄托在母亲身上。李选三十岁的时候，母亲去世了，父亲有意再娶，性格倔强的李选就成为了障碍——这也成为李选远嫁韩国的潜在原因之一。她要离开自己的家，给父亲腾出重新生活的空间。本来这个认识并不是格外强烈，但是她又回来了，带着个儿子，一副"憔悴"的样子，这让她不免要将自己的遭遇部分地归咎于父亲。于是，父女俩的关系更是水火难容。李选去了韩国，她父亲倒是没有再娶，只和那位心仪的妇女常年保持着关系，李选回来了，父女俩实在处不下去，做父亲的干脆离家出走，拎了几件换洗的衣服搬到那位妇女家住。可是没过多久，父亲又拎着自己的衣服回来了——暴躁的脾气让他跟谁都难以长期和平共处。好像是给自己去而复归开出的一个条件，父亲气哼哼地要求李选到张立均的公司就职，他说，你看你现在成什么样子了！父亲说这话的时候，李选正绕着儿子拖地，儿子坐在卫生间外面的地板上堆积木，周围一圈面包屑。李选闻言抬头，在卫生间的镜子里看到“成什么样子了”的自己。披头散发，眼袋像盛着两枚枣核。她决定在这件事情上不再拂逆父亲。父亲拎着换洗衣服流窜一样地乱跑，也让她心有戚戚。她打算起码去见一下张立均。于是，李选带着儿子去了张立均的办公室，“憔悴”地站在了张立均的面前。

孰料这副样子却打动了张立均。也许张立均见惯了容光焕发的女人吧？李选思忖，张立均说这些话是什么意思呢？这个男人很少说这些话。半年多来，她只被他带到酒店三次。陪他在午后喝茶，经常也是无声无息的，不过偶尔说几句有关公司业务的事。这在很大程度上让李选已经仅仅将这个男人视为了自己的老板。

手机响了一下，进来一条短信。李选翻看，是曾铖发来的：在干吗？她回：喝茶。曾铖问：和男的吧？她回：嗯，一个公司同事。即便没有抬头，李选也能感觉到张立均质疑的目光。她扬一下手机，说："一个老同学。"

张立均"喔"一下，问："大学同学？"

李选说："不是，你忘了，我没读过大学。是小学同学。"

张立均皱眉道："小学同学？那都多少年前的事

了，你们居然还保持着联系？”

李选用一种连自己都有些惊讶的兴奋语气说道：“二十七年前了，昨天才联系上，他现在是个画家，好像还有些名气。”

李选感到有些上不来气，那种急于要表明什么的情绪，让她显得有些气喘吁吁。

张立均说：“男的？”

李选用力点了点头。不知为什么，能够当着张立均的面说起曾铖，这让她觉得瞬间平添了一些底气。

晚上吃过饭，儿子拿着李选的手机玩游戏，李选上网和曾铖说起了自己的感受。她问曾铖，是不是当女人对某个男人说起另外一个男人时，都会变得有力起来——就好比罗敷一样？曾铖似乎在忙别的，隔了半天才心不在焉地回道，什么意思？李选挺失望的，说，没什么。曾铖就不说话了，但QQ

头像一直亮着。李选在网上看起电视剧来，看的是《北京爱情故事》。这部电视剧最近热播，李选中午在办公室休息，为了将自己哄瞌睡，会有一眼没一眼地看看。但是这天晚上她却被这部电视剧吸引了。她觉得剧中的男主角有些像曾铖。从网上搜出曾铖的照片，两相对比，越看越像。这让李选对剧情都专注起来。剧中那个像曾铖的男主角，是一个典型的多情男人，李选觉得连这一点也跟曾铖颇为相似。对于现在的曾铖，她了解多少呢？其实对于过去的曾铖她也所知无多，那时候大家不过是一群儿童，谈不上有什么值得被人去了解的东西。但是李选就是觉得曾铖这样的男人肯定不省油。支持她这个判断的是，曾铖刚刚跟她搭上话，就发出了“凑一块儿过日子吧”这样的呼吁。李选想，曾铖多半也是有口无心，但这样张口就来，还是挺说明问题的。正在想，曾铖在QQ上开始说话了：“那么李选，下午你告诉我你跟男同事在一起喝茶，变得有力了没？”

李选半天没回过神。她没有料到曾铖会这样想，半开玩笑道：“有力了，不过是我跟男同事提起你时，一下子突然感觉自己有了力量。”

李选似乎听到了曾铖发出的一声窃笑，他说：“明白了，你这个男同事在引诱你。”

李选心中一紧。张立均需要引诱她吗？——客观地说，他已经得手了。莫非，自己在潜意识中有着这种感觉（盼望）？李选无法理清。但她还是为曾铖的敏感感到吃惊。

李选说：“讨厌。别胡说。”

曾铖说：“女人只有无力面对男人诱惑的时候，才拿另一个男人给自己打气。也成，能被你用来抵抗魔鬼，也是我的荣幸。”

魔鬼？李选想，张立均不是魔鬼，没有那么凶恶，不如说是自己心里有一个魔鬼。这个魔鬼的形象她却刻画不出来，只是影影绰绰，能够看到一丝阴影。

曾铖说："还有另一种可能，女人在试图勾起男人兴趣的时候，也会故意说起其他男人。"

李选怔了怔："为什么？"

曾铖说："激起男人的妒意吧，起码是在释放某种信号——喏，我身边不乏男人。"

曾铖的犀利让李选有些难以适应。李选感到自己心里的那个魔鬼渐渐被曾铖勾勒出来了。即使曾铖看不到，李选的脸上依然尽量做出面不改色的样子，她问："这么做有用吗？"

曾铖说："多半有用。在这个意义上，我想，罗敷给太守吹嘘她的男人，没准是在反过来勾引太守呢。"

李选说："可太守吓跑了。"

曾铖打着哈哈说："古代人民太朴实啊，罗敷失算了。"

李选眉头蹙起来了，说："曾铖你这人没正

形，挺美好的一个女子，倒被你这么歪曲。不带这样的。”

曾铖说：“我承认，这么猜测是挺阴暗的，但这就是人性。李选你觉得我是在信口开河？”

李选迟疑着：“你好像说得也有点儿道理。”

曾铖说：“你看。所以呢，如果基于刺激对方的需要，女人在男人面前搬出另一个男人的时候，要慎重，现代人民没准也有朴实的，结果反而会被吓跑。”

李选说：“那你朴实不？”

曾铖说：“朴实，我基本上是个古代人民。所以李选你别告诉我你背后还有个男人，我会被吓跑的。”

李选说：“别把自己说得那么脆弱。反倒是你这样的，容易把女人吓跑。”

曾铖说：“我这样的？”

李选说：“是，太多情，太会分析女人的心思。”

曾铖说："一个男人，多情，会分析女人心思，难道反而是坏事？"

李选说："我也说不好，但是这种男人，让人有点儿害怕。"

本来李选的态度是有些调侃的，但说着说着，心里却真的感到了某种惧意。手机响了，短信。这种状况以前遇到过，儿子停下正在玩的游戏，很懂事地过来把手机塞给李选。李选木然地看着短信的内容：睡了没。她在踟蹰，该不该回这条短信？不出所料的话，这条短信依然不是张立均发来的，但转瞬李选就回了过去：没呢，在跟同学聊天。她将这几个字发送出去，是种恶狠狠的态度。李选在想象这个莫须有的对方——她（没错，她！）深夜的时刻在张立均的身边，背着张立均使用张立均的手机，目的不过是想刺探出一些什么。但是，"她"为什么选中了我？李选想，张立均的手机一定储存着大量的号码，这个人为什么偏偏选中我？从名字上看，李选这个名字几乎就是中性的，很容易隐藏在海量的信息里。难道，在张立均的手机中，对于李选会有着格外不一样的标记？或者，张立均对“她”讲起过李选，并且格外令“她”不能释怀？这么胡思乱想着，李选的心情随之变得复杂。在李选的心里，从没有条分缕析地去梳理过自己和张立均之间的关系。他们之间那种物理意义上的落差，让李选难以将自己和张立均联系起来。在李选的世界里，张立均这个男人没有可资幻想的余地。但是，这个“她”却强迫李选展开了曲折的想象。直觉告诉李选：“她”一定不是张立均的妻子，却能够在深夜常常伴在张立均的身边；张立均和“她”非常亲密，否则“她”没有翻弄张立均手机的机会。此刻，张立均在做什么？酣然入眠，还是正在冲澡？“她”是什么心态？……李选似乎可以看到这样的一幕了：卫生间里传来哗哗的水声，一个女人用两只手（是的，两只手）握着手机，飞快地发送着短信，她时而转头看一眼身后，此刻任何风吹草动都会令她魂飞魄散，她紧张而又疯狂，也许还满怀着惆怅……

李选觉得自己的心被揪紧了。她几乎喘不上气。

儿子响亮地叫："你发完没，我要玩悟空蹦蹦蹦！"

李选呆呆地将手机递给儿子。她确信，今夜不会再有这种短信发过来了。

曾铖在QQ上说了许多：女人一边抱怨男人无情、不懂她们的心思，一边又会对男人的多情和洞悉感到害怕。说到底，是这个世界太幽暗，而人性中有着许多与生俱来的恐惧。我们最难面对的，其实只是我们自己。有时候，把一切简单化，靠着直觉来驱使自己，反而是好的。我们自以为已经被训练得理智而又冷静，面对任何心中向往的事物，往往摆出一副存疑的态度，然而谁都应该承认，即使我们如此显得像一只老狐狸了，世界也并没有给我们开辟出一条坦途。怎么不说话？睡着了吧？算了，我也下了，画画去。

李选这才惊醒，原来不知不觉自己发了这么长时间的呆。喋喋不休的曾铖遭到了冷落。李选似乎能够感到遥远的曾铖因此而生出的沮丧。她木然地读着曾铖的这些话，缓慢地打着字：抱歉。儿子闹，陪他玩了会儿悟空蹦蹦蹦。

李选觉得这几个字耗尽了她最后的一丝力气。她知道曾铖也不会再回复什么了。他走了，画画去了。在这个夜里，曾铖和“她”都不再会和自己发生联系——这个念头突然令李选感到了孤独。

三

一连几天曾铖都没有在网上出现。李选动过给他发条短信的念头，但想想又算了。毕竟，大家只是分开了将近三十年的小学同学。李选在中午休息的时候看《北京爱情故事》，好像得了强迫症，看着剧中的男主角，李选就觉得是在看曾铖。连带着，虚构的剧情也仿佛成了现实的翻版。李选知道这有点儿可笑，但还是热衷将曾铖和电视剧联系在一起，好像她看着的，就是曾铖的生活，曾铖的情感。李选觉得挺有意思的。

那种深夜突袭式的神秘短信没再出现。对此，李选对张立均只字不提，张立均也没有询问过她。但是，面对张立均时，李选的心情发生了微妙的变化。以前李选把张立均看成是一个无关痛痒的人，她从他那里受益，但并不感到出卖了什么。张立均所做的都在分寸和尺度里，索取了，就给出回报，但索取得不贪婪，回报得也不奢侈。不谈情，他们不谈情。不谈情，一切好像就自然了，如同物质世界的定律，里面不掺杂多余的评判。但是“神秘短信”激活了李选的心思。它似乎强调出了李选的地位，让李选在张立均的世界中变得重要起来——张立均身边的女人将李选视为了潜在的对手。一旦这么想，身不由己，看待张立均时，李选的目光就迷离了，不再像之前那么简单。她有些好奇，想象会是怎样一个女人，在深夜还伴在张立均的左右。这种好奇如果强烈起来，李选心里还会有些不适。那是一种难以言表的感触，李选无法准确把握，姑且就用“不适”来感知。在这种“不适”中，李选发现自己竟是在乎张立均的。按理说，李选也应该在乎张立均。半年前，李选“成什么样子了”，“憔悴”，几乎接受了自己的人生大势已去。半年多的时间下来，潜移默化，她换了副样子。现在的李选，算是公司的高管，薪水足以让自己和儿子过得不错；心情平静下来，和父亲也不再是剑拔弩张；闲极无聊的时候，还生出百度小学同学的逸致。这一切，都是张立均提供的。没有张立均，也许李选在某一天也会振作起来，但对于李选来说，难度一定不小。李选只读过专科，因为家境还算不错，从小也没有养成努力奋斗的精神，而且自尊心又很强，这样的一个女人，眼看四十岁了，突然要想焕然一新地生活，谁都知道该有多难。李选不是没有自我分析过，所以半年前她才那么消极。但是，渐渐活出了积极时，她却没有认真分析一下这种局面的可贵。由此，李选也没有去思考张立均对她的重要性。也许，她是在潜意识里拒绝这样的思考——太看重张立均，她的弱势就会被放大，羞耻感会随之而来，“交易”就真的成了“交易”。“神秘短信”让李选将注意力转向了张立均，混沌有了秩序，那种生活必然的严峻性突然被她再次感受到了。原来一切还是这么岌岌可危。奇怪的是，与此同时，李选一边有些惆怅，一边又觉得自己似乎得到了某种启发，可以让她向前再跨出一步，从张立均那里谋求更多的东西。至于那是些什么东西，李选一下子也想不通。但是她似乎觉得自己也长高了些，就好比从一米五长到了一米七，能够对于一米八的张立均伸张些什么了。

在这种情绪下，李选第一次拒绝了张立均的要求。这天张立均给李选打电话，让她下午去茶舍喝茶。这本来是司空见惯的事，好像公司里的一项制度，没有多少讨价还价的可能。以前李选接到电话，也像落实工作一样地去照办。但是这天她却问道，有什么事吗？张立均显然没有想到她会这么问，讪讪地说，没什么事。李选说，那我就不过去了，下午儿子的幼儿园要开家长会。张立均沉默了一会儿说，算了。通完话，李选一阵没来由的兴奋。其实幼儿园下午并不开家长会，李选很惊讶自己怎么会这样，但“拒绝了张立均”这个事实，让她感到有些得意，仿佛在身高上又长了几毫米。下午的时候，为了掩人耳目，李选从公司出来了，她怕万一被张立均掌握了她的行踪。出了公司，一时间又没地方可去，李选干脆找了间咖啡馆，坐在临街的窗子前，一边喝咖啡，一边用随身带着的平板电脑看《北京爱情故事》。接连看了两集，手机里接到条张立均的短信：在干吗？李选抬头看看窗外，大白天，冬日的太阳明亮如洗。她不能确定这条短信和深夜而至的短信有什么区别。李选把手机举在眼前，眯起眼睛端详，踟蹰再三，回道：在给儿子开家长会，有事吗？

半个月后，集团安排李选去上海接受新产品的代理培训。这件事张立均给她交代过。出发前两天，李选向公司请了假，做些出门的准备，安顿一下家里的事。她父亲最近身体有些不舒服，总是说胃里难受。李选想可能是人老了，消化能力在降低，叮咛保姆多做些粥，自己又去了超市，准备买些豆子、燕麦这些煮粥用的配料。在超市里，李选接到了曾铖的电话。

曾铖说："李选我今天到西安。"

这段时间没联系，李选一下子觉得和曾铖有些生疏。她说："啊？回来看父母吗？"

曾铖说："不是，要到北京办画展，从西安转机，就住一个晚上。"

卖过机票的经历让李选立刻听出了问题："成都到北京不需要转机呀。"

曾铖叹口气，说："唉，你怎么一点儿也不解风情，好吧，这是个借口。"

李选说："干吗要找借口啊？"

曾铖说："可不就是为了看看你，又不好意思说嘛！”

李选笑起来，说：“好吧好吧，落地给我电话，我请你吃饭。”

曾铖说：“李选你的声音有点儿沙哑。”

李选说：“不好听？”

曾铖说：“不是，挺有特点的。”

挂了电话，李选才意识到这是自己与曾铖之间跨越了将近三十年后的对话，之前通过网络，总有些虚拟的隔膜，好像还不太真切。但是这下听到声音了。李选觉得奇怪，感觉自己和曾铖好像根本没有经历那么多年的分别。超市在地下室，信号不是太好，曾铖的声音有些断续，这种声音，既让李选觉得似是而非，又让她觉得理所应当。回到家里，李选帮着保姆做家务，忍不住问道，我的声音听起来是不是不好听，有点沙哑？保姆说她听不来。李选承认，自己心里对曾铖有兴趣，感情有理智根本无法理解的理由，夸张一些说，这种理智根本无法理解的理由，绵延了将近三十年之久——那就是从孩提时代起，对于一个人的好感。现在的李选，对于现在的曾铖充满了好奇。在网上说话是一回事，面对面说话又是另一回事了。那会是怎样的一种局面？会尴尬和冷场吗？曾铖会怎样看她——她现在好看不？这种忐忑的滋味，李选内心很长时间没有体会过了。

中午吃饭的时候，张立均发短信给她，问：家里都安顿好了？李选分析这条短信的内容，认为应该是出自张立均之手，回道：安顿好了。张立均又回复过来：晚上一起吃饭。李选犹豫了，好像许久都不曾面对过这么让人左右为难的选择。她已经拒绝过一次张立均，再次拒绝他，事情的性质好像就变了。毕竟，张立均是她目前安适生活的提供者，虽然他并不强调这一点。甚至，单从老板与雇员之间的关系来理解，有几个人会这么不给老板面子？然而晚上曾铖就到西安了。成都距离西安挺近的，飞过来不过个把小时，可是在李选的情绪中，曾铖却是飞了将近三十年。那个飞了将近三十年的曾铖，就要落地了。这么权衡着，时光的砝码立刻让李选心中的天平倾斜了。她给张立均回道：真不巧，晚上有个同学从外地回西安，已经约好见面了。她以为按照张立均的做派，是不会再发短信过来的，不料张立均的短信接踵而至：同学？那个画画的？李选有点吃惊，想起是自己跟张立均提过曾铖，就更吃惊了。她没有想到张立均会把这件事记住。所以，李选回复起来就感到了艰难，一个“是”字，过了半天，才被她鼓足力气发送了出去。

整个下午李选的情绪都很焦灼。她感到有些对不起张立均。这种情绪以前是不可想象的。李选从来不觉得自己欠张立均什么，两人之间，不过是经历着这个世界已经约定俗成的那部分规则。同时，“对不起张立均”这个感觉，又让她有些高兴。李选躺在床上，闭着眼睛想：自己拒绝了张立均，如果张立均没什么不快，那么自己就没什么对不起他的；如果他不快了，只说明他对她在意……那么，自己究竟想不想让张立均在意呢？这个问题把李选难住了，她睁开眼睛，定定地看着天花板上繁复的石膏花饰——那不是李选的趣味。房子是父亲的，装修风格完全体现着父亲落伍的审美。此刻，这个事实通过天花板上的石膏花饰反映了出来，令李选的内心更加纠结。她想到自己已经快四十岁了，没有自己的家，单身带着一个年幼的儿子，今后怎么办呢？对于未来的眺望，更多时候李选是刻意避免的，她怕自己会把自己眺望得不寒而栗。抛开不切实际的幻想，李选知道，目前拯救自己的唯一方法就是——更加严格地去遵守世界已经约定俗成的那部分规则。而张立均，以一种一米八的姿态，站在那些规则的里面。

我现在就是不守规则。李选给自己下着结论。她把自己的这种任性，归咎于曾铖的出现。李选想，是曾铖让她变得有些不切实际了，想想吧，为一个将近三十年未见过面的小学同学，去慢待自己眼下生活中的一个重要角色！这么想着，李选就对曾铖有了些无端的埋怨，好像真的为曾铖破釜沉舟了似的。

曾铖到了晚上七点多钟还没有消息。李选在家等了大半天，渐渐等出了疲惫和气馁。在这大半天时间里，她心神不宁，瞻前顾后，时而兴奋时而惴惴不安，一度像是回到了自己的少女时代。情绪波动太大，最后就格外厌倦。实在等不下去了，李选给曾铖发短信：到了没！过了半天，曾铖电话打过来了，用一种没睡醒的音调说，李选我早到了，昨晚一宿没睡，困得要命，想先在酒店睡一会儿，没想到睡死过去了。李选既好笑又好气，问他，怎么跑到酒店睡去了，干吗不回你父母家？曾铖说，这次回来就是为了见你，明天一早就得走，不想回家了。李选听他这么说，心里的气就消了，问他酒店的位置，他说你等等，可能是跑去看酒店的资料了，过了一会儿给李选报出了店名和具体位置。出门前李选又照了照镜子，确信自己目前样子还好，并不“憔悴”。儿子已经被保姆从幼儿园接回来了，看到她对镜顾盼，说，妈妈你要去约会吧？现在的小孩电视剧看得多，懂得不少生活中的桥段。李选摸了下儿子的头，故作神秘地挤了挤眼睛。

由于就要去上海，李选的车放在公司楼下没有开回来，她打了车往曾铖住的酒店去。车很难打，李选在路边站了有半个多小时。天上飘起了夹着雪粒的雨丝，夜色中的城市一下子显得有些凄凉。进入主城区，却是另一番景象，人头攒动，车流如织，比平常热闹很多。李选恍然想起，原来今天是平安夜。商铺门前的圣诞树流光溢彩，反射在雨雪淋湿了的路面上。李选看着窗外，心情变得有些恍惚。她感觉世界突然变得很寂静，自己好像无声地穿行在一条时光隧道之中，是在向着自己的童年回溯。到了曾钺住的酒店，李选坐在大堂的沙发里给曾钺发短信：我到了。她想曾钺会闻讯下楼，不想曾钺把自己的房间号发给了她。李选乘上电梯，心里有些紊乱。这时候她想起的是张立均。集团常年在市内的多家酒店留有客房，其中有一套是专供张立均使用的，李选被张立均带到这套客房去了几次。第一次被张立均带到酒店，李选的心里多少有些抵触和排斥，但不是很强烈，其后几次内心就很平静了。但是现在，置身一家酒店的电梯里，李选突然有了心理障碍。她发现，原来自己这么憎恶这种“酒店式的”逻辑。曾钺似乎现在就在这种“酒店式的”逻辑里，他要干吗？

房间找到了，李选摁门铃。里面一阵踢里踏拉的脚步声，曾钺跑着来开了门，睡眼惺忪地把李选让了进去。他上身穿着件咖色的长袖 T 恤，一边系裤子一边对李选说，你先坐，我去洗把脸。李选说，还在睡呢！曾钺嗯嗯着，转身进了卫生间。一切就是如此自然，没有丝毫的局促，很熟络，仿佛将近三十年来，李选天天都这样惊扰着曾铖的美梦。卫生间响起哗哗的水声，曾铖在响亮地擤着鼻涕。李选没有坐，站在这间酒店的客房里，心神更加恍惚了。她看到了曾铖的行李，一只拉杆皮箱平躺在地上，打开着，最上面是一双没有撕开包装的袜子，几本艺术杂志，下面是一件叠得很平展的衬衫。不知出于怎样的心情，李选突然很想看看这只皮箱里所有的内容，仿佛那里装着曾铖所有的秘密。她有些激动，又有些不安，回头看了看卫生间的门，毫无理由，只在一瞬间就为自己的这个念头而动情起来。

曾铖从卫生间出来了。他洗了脸，却没有擦，脸上水淋淋的，径直从李选的身边走过去。原来他的洗漱包放在床头柜上，他过去翻出自己的毛巾，很用力地擦着脸。就这么一个照面，李选便将如今的曾铖一览无余了。曾铖留着极短的头发，那张脸比小时候的线条清晰了，有了棱角，显得十分年轻，总体上可以说是英俊。李选看着曾铖的背影，很瘦，个头似乎要比她想象中的矮。但这不足以让她觉得意外，仿佛某些与预计中的偏差，也在她的预计之内。这就是李选认为的曾铖，即使令人大吃一惊，也好像大吃一惊得分毫不差。总之，她不觉得他陌生。曾铖回头了，向着她笑，说：“怎么样李选，还认得吧？”

李选说：“认得。我呢，你还认得吗？”

曾铖看着她。李选有些紧张。她也在迫切等待眼前这个男人的确认，有种等待被鉴定的心情。好像曾铖将要做出的这份鉴定，就是对于她这个女人几十年来被岁月淘洗之后的盖棺定论。

曾铖说：“李选你没变，雷铎说得不错，你变化很小。”

他回答得轻描淡写，李选有些失落。

曾铖套上一件高领毛衫，穿上羽绒外套，说：

“咱们吃饭去。”

李选跟在他身后，出了房间，进到电梯里，突然感到挺无聊的。但是此刻的情势似乎对两个人都有所要求，那就是，他们必须都打起精神。

李选热情地问曾铖：“你想吃什么？”

曾铖说：“吃什么都好，我无所谓，就是想跟你见一面。”

李选说：“没跟雷铎联系？”

曾铖说：“没有。这次就为见你。春节回来，再好好会会雷铎。”

李选高兴了一点儿，说：“真的就为见我？”

曾铖说：“当然。不过呢，也的确是要在西安落下脚，有个朋友托我捎些东西去北京。”

李选于是立刻又觉得无聊了。

出了酒店，“吃什么”又成了问题。旁边有家火锅店，曾铖提议说：“咱们就火锅吧？”

李选说行。这时候她在问自己，自己拒绝了张立均，焦虑了大半天，就是为了吃一顿火锅吗？那么，不为了吃顿火锅，又为了什么？李选想不清楚。这家火锅店里人不是很多，他们找了相对偏僻的角落坐下。点菜，要茶，非常乏味。当锅里的汤沸腾起来时，隔着氤氲的水汽，曾铖说，李选我没想到你这么漂亮。

李选说："别蒙我，恐怕是有点儿失望吧。"

曾铖举起啤酒和她碰一下，说："没有，倒是做了失望的准备，毕竟快三十年了，这么长时间，够得上让物种进化一遍了，当然，也够得上让人变成猴子。"

李选想起曾铖说到过的李兰，心想这个曾铖够刻薄。她问："回来没联系李兰？"

曾铖说："没有，我说了，这趟主要是冲你来的。"

尽管李选不是太相信曾铖的说辞，但他这样一再强调，好像就有些可信了。李选渐渐有了兴致。"说说吧，你跟你这位初恋女友多年后重逢的滋味。”

曾铖说：“不是初恋，对我不是，可能对她也不是。没有那种浓度，就是个儿戏。”

李选说：“你这么说，李兰知道该多难受。”

曾铖说：“我对她也是这么说的。但这并不表示我轻视当年的那件事儿，相反，现在我觉得那都是很宝贵的记忆。见面后，李兰跟我说，她当年对我示爱，其实是怀有目的的，这个目的很单纯——她听人说参军后，在部队里要是没有一个恋人给自己写信，会非常丢人。她不过是想给自己落实一个写信的人。可是就连这个目的也落空了。她给我写过很多信，我却只字未回。她说，每次看到其他战友接到信，她都会感到难过。后来，当这种情绪难以克服的时候，她就找机会离开部队，跑远些，在异地写一封信寄给自己，然后返回部队，带着一种十拿九稳的盼望，等待着这封信的到来。”

李选说：“曾铖你真残忍。”

曾铖说："李兰跟我说这些话的时候，我也很难受。我当然自责，但更多是在为那些憔悴的少年时代感到悲伤。一切伤害都在无知和粗糙中酿成了，但回过头，冤找不到头，债找不到主，人只能默默承受生命给予我们的所有失误。"

李选说："当年你们真的没有发生点儿具体的事？"

曾铖说："那个夏天的午后，李兰找到我，在我家我们接吻了，那倒是初吻。"

李选笑道："什么感觉你？"

曾铖说："如遭雷击。迄今我还认为，再也没有那种难以言表的滋味了，嗯，她的嘴唇竟那么柔软。不如说，我是从那一刻，才知道女性的嘴唇会那么柔软。李兰的嘴唇在当时对我，就是喻示了所有女性的嘴唇，这算是启蒙，无以复加，其后女人的嘴唇也就只是嘴唇了。"

李选有些走神。曾铖说话的时候打着手势，毛衣袖口下露出的手腕上好像有块文身。李选想，放心曾铖，我不会追问得太多。她问：“我想知道，你们见面后，没有再发生什么吗？”

曾铖喝了口啤酒。“应该不算有什么。她是去成都办事，跑业务，我陪她跟几个需要走动的关系应酬。她现在酒量大得惊人，那几天我们几乎天天喝醉，从饭桌上下来，去她酒店的房间接着喝，直喝得人事不省。”

李选说：“酒是淫媒……”

曾铖打断她，说：“没有，我们只是喝酒，第二天醒来，面面相觑，感到非常空虚。”

李选相信曾铖所说的，问：“那现在你们俩啥感觉？”

曾铖说：“我觉得就像至死不渝的亲人了，很贴心那种。要说我俩之间也没什么更多的交集，但好像岁月本身就给了人无中生有的依据——大家小时候就认识，这一点突然变得非常有说服力。前段时间我母亲身体不好，在电话里李兰跟我说，需要的话，她可以去照顾我母亲，我听了真的很感动。”

李选说：“你没想到吗，也许李兰现在还喜欢你？”

曾铖说：“不会，她不会。”

李选说：“那她的家庭现在可能挺幸福的。”

曾铖说：“倒不是。李兰好像和她丈夫的关系也不怎么好。我没细问。但是你看，如果是一个家庭幸福的女人，她需要为什么狗屁业务在酒桌上把自己喝成那样吗？我觉得李兰现在那么胖，就是让酒给闹的。”

李选一阵黯然。她想到了自己眼下的生活。李选不是一个有酒量的女人，但现在做了公司的副总，在某些饭局上，也是免不了要违心地咽下许多苦酒。原来，是否豪饮，可以鉴定一个女人的婚姻。

李选说：“既然这样，她为什么就不能喜欢你？”

曾铖说：“首先，我们彼此之间没有那种感觉。其次呢，似乎真的涉及那种感觉了，反而对我们彼此会是损害。我想，经过了漫长的蹉跎，和大部分女人一样，起码李兰现在会变得不再相信爱情。”

李选几乎要脱口而出“我也不再相信爱情”，但她克制住自己，问曾铖：“你呢，你还相信爱情吗？”

曾铖说：“老实说，我也不信了，但我要求自己必须还得一次一次地去信，没有了这种相信，我们会活得更加糟糕。”

李选还想继续追问下去，曾铖挥下筷子说：“说说你吧，怎么从韩国跑回来了？”

李选说：“过不下去，自然只有跑回来了。”

曾铖举下酒杯，意思是洗耳恭听。

李选说：“我和他认识得很偶然。那时候他在西安开餐馆，和我的朋友认识。有一次大家出去玩，玩到热闹的时候，我问了一句他，我漂亮不。事后这人我差不多就忘干净了。过了很久，他突然从韩国给我打来电话，问我能不能嫁给他。整个过程有些莫名其妙，我们开始通话，随后他就来西安了，见了我的父母，然后又带我去了长春，见了他的一些亲戚——他其实是在中国长大的朝鲜族人。韩国政府有政策，光复前——他们那儿把朝鲜战争结束叫光复——跑到中国的朝鲜人可以回国定居，原则上允许带一个未婚的子女。他就跟着他母亲回去了。他父亲去世得早，哥哥姐姐都留在中国。”

曾铖说：“原来这样，我还在想，李选如何跟一个韩国人谈恋爱呢，原来你们有汉语基础，可以谈得起来。”

李选说：“他要是不会说汉语，我们根本就不会走到一起。我爸当时的态度就是——中国男人都死光啦？就这，后来我们离了婚，我爸还在强调外国人就是靠不住。”

曾铖说：“真的靠不住吗？”

李选说：“我当时嫁他也没想着要靠他，没那么多想法。就是觉得年龄也不小了，好像所有的力量都把自己往一个方向推，于是就那么嫁出去了。三十岁之前我很喜欢热闹，有点没心没肺。中专毕业后，我爸把我安排到市政公司上班了，工作上也没什么压力，就是玩，玩来玩去，直到把自己玩得有点儿犯恶心了。对了，他比我大很多。”

曾铖问：“大多少？”

李选说：“十二岁。”

说着李选从自己的钱包里找出了前夫的照片，递给曾铖看。曾铖很认真地看了，说：“还不错，不显得老。”

李选接着说：“婚后那段时间，我真的很安静，像换了个人似的。他家在浦项市——你听说过没？”

曾铖点下头：“我去过，几年前去韩国办画展，去过浦项，山多。”

李选说：“哈，哪年去的？”

曾铖说：“五年前吧。”

李选说：“那时候我正在浦项！”

曾铖说：“真遗憾，那是咱俩二十多年来距离最近的时候。要是能在街头遇到你，我一定要拥抱你。”

李选竟对这样假想的一幕有些渴望。她说：“就算遇到，你也不会认出我。”

曾铖说：“嗯，可能是认不出。但是我会想，咦，这个漂亮的韩国女人怎么会如此眼熟？莫非，她是我前生的伴侣？”

吃了不少，喝了不少，也说了不少，曾铖好像松弛了许多，话里有了随便的味道。李选喜欢听他这么说话。

李选说：“去你的。你不会在街头遇到我。那时候我几乎足不出户。现在想起来，我都感到惊讶，甚至不能相信，那时候的我，真的是我？他在中国做生意，我留在韩国，聚少离多，家里只有他母亲，周遭一片陌生。我就像活在一个孤岛上，但是心里却非常安宁，一点儿也不焦虑，也不感到孤独，好像很自然地接受了全人类都已经灭绝了的事实，心如止水地活下去，活上几万年也不是问题。”

曾铖很专注地看着她，问："这样不好吗？内心安宁多可贵。"

李选说："开始我也觉得还行。如果他不是总跟我吵，没准我就真的会这么老死在韩国那个叫浦项的小城市了——它真的很小，大概才五十多万人口。"

曾铖说："他跟你吵什么呢？"

李选说："他在中国做生意，挺艰难的，心情不是很好吧，加上韩国男人的那套做派，每次打电话回来，对我都是一副不客气的腔调。你知道，我脾气也不小……"

曾铖说："嗯，我知道，看得出。"

李选说："看得出？从哪儿看出来的？"

曾铖说："感觉吧，就是觉得李选应该不是个好脾气的女人，好像印象中，小时候就有点儿像个假小子。"

李选说："讨厌。其实我挺温柔的。"

曾铖说："我发现了，你爱说'讨厌'，骄横，可不就是脾气挺大。"

李选说："人家这是娇媚。我是双鱼座的嘛。哎，对了，你什么星座？"

曾铖说："金牛座。"

李选笑起来，说："金牛座的人外表闷骚，内心风骚。"

曾铖说："是这样吗？也不错。你呢，内外是怎么个情况？"

李选笑而不答，继续前面的话题："他在电话里跟我没好气，我就挂电话。这就让他更来气了，简直是暴跳如雷，会一遍又一遍往家里打电话。我想这是何苦呢，越洋电话又不便宜，打过来就为了吵架，不是有病吗？有一次还是这种状况，他几乎要把家里电话打爆了，他母亲就让我接他电话。我接起电话，他劈面就给我一句：我×你妈！我一下就火了，回他一句：我×你妈！这下可好，他母亲在旁边听着呢，不干啦，问我，你×谁呢？”

曾铖大笑，问：“这些话都是用韩语说的？”

李选说：“汉语，在家他们都说汉语，要不我嘴也回不了这么快。”

曾铖举起杯，说：“来，为汉语干一杯。”

两个人高兴地喝了一大口啤酒。曾铖喝酒上脸，眼见着脸已经很红了。他说：“其实这都不是原则问题，中国夫妻也都这么对骂。”

李选说：“我也觉得不是原则问题。也许跟个中国男人这么对骂，骂完也就完了，可当时我在一个世界上的人都死绝了的孤岛上，这么骂来骂去，就骂出问题了。我想有了孩子就会好点儿吧，没想到，儿子刚满月，我就抱着他回国了。”

曾铖凝视着她：“刚满月？”

李选说：“四十天。实在熬不下去了。其实当时嫁人，我有一个很重要的原因，就是想早点生个孩子。我妈身体很不好，常年有病，生我的时候都是费了九牛二虎之力才怀上，她本来还想再生一个，连名字都起好了，我叫李选，下一个孩子叫李择。但是这个愿望她没能实现。所以我妈非常想看到我的孩子。前些年我玩疯了，一直成不了家，等懂点儿事了，就想给我妈点儿安慰，哪怕是给她的在天之灵一点儿安慰……”

李选眼圈红了，让她感动的是，对面的曾铖抽着烟，好像眼睛也有些潮湿。

李选说：“生孩子之前我就打算回国来生，但他们家不同意，说孩子生在中国，国籍问题又是麻烦事。我爸也说我，嫁出去的人，就听婆家的吧。我说我知道，在韩国生孩子，我肯定没人照顾。我爸说，谁让你嫁到外国去，忍吧！可那真是没法忍。生孩子的时候他在中国，我身边只有他母亲，他这个母亲挺不让人的，孩子一生下来，就跟我说，别以为生个孩子就是功臣了，哪个女人不会生啊？我压根就没那种想法，听了她这话心里真是委屈，感觉这下坏了，孤岛上来了个不讲理的。儿子的第一片尿布就是我洗的，他母亲倒是给我做饭，天天煮一锅白菜。我给儿子喂奶，乳房里有硬块，很疼，医生说得人来揉，要不会得乳疮，他母亲立刻声明，说坚决不会替我揉的，我只好自己来揉。就这样，洗着尿布，吃着煮白菜，听他在电话里跟我发脾气，自己揉着自己的乳房，我觉得在孤岛上待不下去了。我要抱着儿子回中国，把儿子抱到我妈的骨灰前……”

李选用纸巾揩泪水，突然有些茫然，心想自己怎么会跟曾铖说这么多呢，像祥林嫂。这些话她很少跟人说。此刻汹涌而来，是为了什么？也许，曾铖说得对：岁月本身就给了人无中生有的依据——大家小时候就认识，这一点突然变得非常有说服力。

曾铖默默不语。他一直在吸烟，李选这才观察到，他的烟瘾这么大。

李选说：“不说我了，说说你吧。怎么跑到成都去了？”

曾铖说：“大学毕业分那儿去了。本来想待段时间就离开，结果却娶妻生子，给留到那儿了。”

李选说：“那现在为什么又鳏寡孤独了？”

曾铖似乎不大愿意说自己的事，他说：“其实不幸的家庭也大多雷同吧，不就是尿布、白菜、乳疮这些令人伤感的玩意儿。”

李选也无语了，自己喝下去半杯啤酒，又替曾铖满上。一旦沉默下来，李选的心里就有些隐隐的不安。但是这种不安源自什么，她却一下子找不到根据。

曾铖开口了，问：“他舍得不要自己的儿子？”

李选说：“舍得，这个男人不大顾忌这些。”

曾铖说：“哎李选，不会这孩子不是人家的吧？”

李选说：“讨厌！”

曾铖可能也觉得自己有些离谱，正色说：“是不是他在外面有女人了？”

李选很有把握地说：“不会。这点我确信。怎么说呢，他不是那种很会讨女人喜欢的男人，不像你。”

曾铖说：“怎么跟我比？我也不会讨女人喜欢。不过我想，你们分开得这么坚决，也许就是因为彼此都太清白了。”

李选说：“什么逻辑你？”

曾铖说：“你看李选，人这种东西就是这么奇怪，彼此为对方不安，反而会成为纽带。你想一想，如果他在外面有女人，你会这么甘心跟他分手吗？”

李选想了一下那种状况，好像想象不出来，与此同时，她发觉了自己此刻不安的根源。李选想到了张立均。她拿起手机看了看，竟然已经快子夜了。之前她的手机一直放在餐桌上，她似乎一直在等待着什么。现在她知道了，自己是在等待那种“神秘短信”。李选有种预感，觉得今晚那种短信一定会再次出现。但是手机却一直安静着。

曾铖看到她看手机，也意识到时间不早了。他突然有些颓废，本来全神贯注的那张脸像是被什么力量篡改了，变得涣散而迟钝。他说：“撤吧咱们。”

结账的时候李选坚持让她来，曾铖安静地默许了。两个人走到街上，雨雪依然在下，远处的霓虹透过雾气有种很哀愁的格调。他们置身的这条街道很冷清，但还是有些热闹的喧哗隐约传来。曾铖不知什么时候围了条围巾，把脖子裹得严严实实。从酒店出来的时候，李选好像没看到他围着围巾。两人站在路边等车，谁都不再说话，有种难言的落寞从李选的心头升起。她嗅到曾铖的身上有股涩涩的气味。出租车很难打，过来过去，都载着客。这挺奇怪的，按理说这个钟点不应该这样，可能和平安夜有关吧。李选说，往前走走吧，也许前面情况好些。曾铖默默地跟着她往前走。李选觉得有些冷，雨雪像纱一样蒙在脸上，让人有了彻骨的寒意。她说：“怎么样曾铖，下次回来还找我吗？”曾铖说：

“找，很快就春节了，春节前我就回来。”李选说：“祝你明天一路顺风，在北京过得愉快。”曾铖说：“好，谢谢你。”两个人走出很远了，依然等不到空车。李选吸了口气，说：“再等三辆，要是还坐不上，今晚就不回去了，陪你在酒店喝酒。”曾铖说：“好。”结果紧接着就来了一辆空车。是曾铖先看到的，他很踊跃地跑了两步，在路当中替李选将车拦了下来。李选上了车，对曾铖说：“拜拜。”刚开出十几米，就遇到了红灯，车停了下来。李选回头张望，看到了这样一幕：曾铖背对着她，伸展双臂，以一种梦幻般的滑行姿态与她背道而驰。路面可能结冰了，曾铖在滑着走，有点儿游戏，有点儿孤单。他必然地趔趄了一下，继而又滑行起来。在这个瞬间，李选觉得心里痛楚，爱上了曾铖。

李选的家在西安城西三环以外了，在李选心里，这一路从来没有像今晚这样漫长。她一直握着手机，很想给曾铖打个电话。于是，当曾铖发来短信时，她的心一下子就跃动起来。到家给我个信儿。李选回：好。你好好休息，别抽太多烟，你烟抽太多了。曾铖回：好。李选回：今天开心吧？曾铖回：开心。但是又有些说不出的难受。李选回：怎么呢？我挺开心的，这么多年没见了。曾铖回：嗯，你开心就好。李选回：你也要开心点儿。

当这条短信进来的时候，李选下意识地以为还是来自曾铖的：回家没？她回道：还没到。回完之后，李选才醒悟过来，这条短信竟是张立均的号码。李选感到自己立刻窒息了。随后万籁俱寂，这个世界和她彻底失去了联系。无论是曾铖，还是张立均，或者是某个"她"，都集体沉默了。

到家后儿子还没睡，缩在被窝里眼巴巴地等着她。李选刚要训斥儿子几句，儿子却说："妈妈我想你，刚才我一想你，就闻一闻你的衣服。"

眼泪立刻汹涌而出，李选胸中所有的难过似乎都因为儿子的这句话找到了正当的出口。

四

和李选一同去上海的还有公司的另一位副总，叫苏建亚，比李选年轻，三十岁出头，李选平时叫他小苏。到了上海，对方是家做建筑保温产品的公司，工厂在浦江镇。所谓培训，就是给李选他们讲解产品的性能、施工方式，并带着他们参观工厂。前后安排了一周的时间，李选觉得时间有点儿长了。每天用在培训上的时间顶多两三个小时，其余的时间基本上无事可做。浦江镇距离上海市区比较远，所以李选也懒得出去转。

李选大部分时间待在酒店的房间里，百无聊

赖，脑子里不免经常想着曾铖。和曾铖短暂地见了一面，李选觉得有些事情既好像开了个头，又好像结了个尾。让她萦绕于怀的，似乎不是两个人之间发生了什么，而是这一切正在发生的方式。李选给曾铖发短信，问他在北京是否愉快。曾铖回说还好，让李选感到他似乎恹恹的。李选告诉曾铖她在上海。曾铖说，要不，我再到上海转次机？李选发现，曾铖和她天各一方的时候口无遮拦，但见了面，反而不太信口开河。比如，当着面，他根本没再提“干脆凑一块儿过日子”这茬。两个人现在一个在北京，一个在上海，曾铖又恢复了他的腔调。他在短信里问李选，咱俩也算是见面了，非但鳏寡孤独，而且各自身无残疾，算是相了次亲，怎么样，能一块儿过不？身在异地，让李选的情绪少了些现实的约束，面对曾铖的这些话，就放任自己做了些非现实的憧憬。李选真的想象了一下，和曾铖“干脆凑一块儿过日子”会是怎样的状况。在李选的想象中，曾铖这个男人具备一个好伴侣的指标，唯一的缺点是——他太多情了，像《北京爱情故事》里的那个男主角。而这唯一的缺点，就足以抹杀其他所有的指标。这么想着，李选又觉得自己有点儿傻，好像真的在挑选着丈夫一样。

第三天的晚上，李选忍不住给曾铖打了电话。接通后，手机里响起很嘈杂的音乐声。曾铖大声嚷嚷，大点儿声，李选你大点儿声！李选说，曾铖你干吗呢，这么吵？曾铖喊道，在酒吧里！李选不由自主也喊了起来，那你玩儿吧，没什么事！挂了手机，李选感到有些委屈，好像自己现在一个人寂寞地待在酒店里，而曾铖却在花天酒地，就是辜负了她。这不是荒唐嘛！李选在心里批评自己，承认说到底曾铖现在还是一个和她没有丝毫瓜葛的人。正准备冲澡，房间的电话响了起来，李选接听，原来是住在隔壁的小苏。小苏说，李姐你还没睡吧？李选说，没呢。小苏迟疑了一下，提议道，要不咱俩下去喝点儿什么？李选想想就同意了，进卫生间补了补妆。

到了楼下，小苏已经等在大堂里了。小苏很挺拔地站在一棵盆栽的棕榈树旁，看到她，脸上露出殷勤的笑。这家酒店里有清吧，他们进去找了位置坐下。小苏征求了李选的意见，给她点了咖啡，自己则要了啤酒。小苏一边喝啤酒一边叹气，说，真的很无聊，李姐你也很闷吧？李选说，我还好，在家除了上班还得照顾儿子，现在只当休假了，倒是你们年轻人热闹惯了，一下子可能受不了冷清。小苏说，哈，李姐，别这么老气横秋的，你也很年轻呢！李选说，比起你我就不算年轻了。小苏说，我不这么觉得，真的，有时候我还觉得你比我小呢。李选笑道，小苏你是不是觉得女人都比你小啊？小苏正色说，绝对不是，我只觉得美女们都比我小，李姐你就是一个标准的美女。李选平时在公司里人缘不错，偶尔也和同事们开开玩笑，但小苏现在这样的表现，还是让她有些惊讶。难道，人一旦少了环境的约束，都会变得有点儿想入非非？李选说，那你喊我李姐干吗？小苏说，《红楼梦》里的贾宝玉，也是把所有美女都喊姐姐的，这个称呼和年龄没有关系，是爱称。李选差点儿笑出声，心想，完了完了，这个小苏失心疯了。李选建议道，要不小苏你明天玩儿去吧，我守在这儿就行了。小苏叹息着说，那怎么行，你知道吗，就是因为这次你来上海，我才申请一起来的。李选说，真的吗，为什么？小苏更悠长地叹息了一声，是一切尽在不言中的意思。李选想，这个小苏如果知道她和张立均的关系，还会这么叹气吗？一想到张立均，李选的情绪就有些失控，下意识摸出手机翻弄着。小苏也不说话了，长吁短叹地喝着自己的啤酒，但是眼睛一直看着李选，眼神可以说是含情脉脉。李选被他看得不自在，借口去洗手间离开了一会儿。离开小苏的视线，李选站在一扇屏风后面深深地呼吸。旁边的窗子开着，夜晚潮湿的空气吹进来。一缕古筝和着笛子的丝竹声若隐若现，缓慢、婉转，断断续续地带着些回音。李选用手机再次打给曾铖。曾铖在嘈杂的音乐声中大叫，李选你别挂，我出去跟你说！李选能够听到曾铖脱离那个环境的过程，一度手机里的噪声又升高了，可能是曾铖跑过了喧哗的中心，紧接着的安静突如其来，好像世界陡然翻转了一周。

曾铖说："李选你还在听吗？"

李选说："在听。"

曾铖说："我想问问，想好几天了。那天分手后，我觉得有个问题一直挺困扰我的，可一时又想不清楚是什么问题，心里总不踏实，脑门都想破了，好像总有个疑问悬而未决。"

李选说："曾铖你喝多了吧，说话颠三倒四的。"

曾铖说："咦，我喝酒了你都知道？"

李选不做声。

曾铖说："喂，喂？李选你没挂吧？"

李选说："没。"

曾铖顿了顿，说："你等会儿，我得找棵树扶着点儿。"

过了半晌，曾铖一字一顿地说："就是在刚才，我突然想出来了，那就是——李选你干吗还随身带着那个韩国人的照片？"

李选怔住了。她没想到曾铖会问这个，而且更是被曾铖问得自己都有些吃惊。是啊，干吗还随身带着那个韩国人的照片？没道理的，只有李选自己清楚，对于那个男人，她的心已经死到什么程度了。李选回国后，那段婚姻又维持了三年，前夫在东北做生意，偶尔来一趟西安。其间有一次，前夫前脚刚走，李选就发现自己又怀孕了。她在电话里告诉了前夫，不料对方开口就说，不可能！这话可是真伤人。李选说怎么就不可能呢？前夫还是一口咬定，不可能！李选说，好，你奶奶的，不可能是吧？我把这孩子生下来，做完亲子鉴定，咱就离婚！过了段日子，前夫打电话来，说，还是去做掉吧。结果当然还是把这个孩子做掉了，但不需要做什么亲子鉴定了，李选仍然坚决地选择了离婚。

曾铖在手机里喊："喂，李选？"

李选说："听着呢！"

曾铖说："怎么不说话呢？"

李选说："说什么？我自己也不知道，正想着呢！"

曾铖说："不用想了，潜意识，这是潜意识。李选你潜意识里可能还在惦记那韩国男人。"

李选被他说得没了把握。难道，自己真的这么"潜意识"着？她说："就算是吧，曾铖这点儿事值得你想破脑门吗？"

曾铖像发表宣言，回答得掷地有声："当然值！我嫉妒了！"

李选说："真是喝多了你。少喝点儿！"

曾铖说："你别说我喝多了。"

李选说："好好好，你没喝多。我挂了啊，我同事还在等我呢。"

曾钺说："肯定是男同事。"

李选说："是。"

曾钺说："罗敷，你这个罗敷，伤着我了。"

李选叹口气。"唉，曾钺你真的太容易受伤了。"怅然挂断了手机。

走回座位，小苏依然还是一副含情脉脉的神情。李选说她困了，上楼休息吧。小苏顺从地跟在她后面，在电梯里依然通过镜子认真地看她。李选被他看得有些恼了，愠怒地说，小苏你眼睛直啦？孰料小苏很有风情地应道，嗯！李选无奈地摆摆手，出了电梯自顾往房间走。小苏的房间和她挨着，但却是过门而不入，一直尾随在她身后。李选开了房门，听小苏说了声"李姐晚安"，心里的石头才落了地。房门在身后关住，李选靠在门上，一瞬间竟是万念俱灰的滋味。

第二天观摩产品流水线的时候，小苏低声对李选说，李姐我昨晚上喝多了——其实是晚餐的时候就喝多了，你别生气。李选想起来了，昨天晚餐招待方的确是灌了小苏不少酒。穿着连体工装的工人在身边走来走去。李选莞尔一笑，说，生什么气，小苏你别多想。小苏如释重负地耸耸肩膀。好像是约好了似的，曾钺这时候也发来一条短信：李选昨晚上我喝多了，跟你瞎闹了吧？别介意。但是对于曾钺，李选却不想莞尔一笑。她本来没什么，被曾钺这么一提醒，反而感到有些气恼。闹什么闹啊，这些男人！李选在心里暗自发脾气——都把自己当"使君"啦？没接到李选的回复，傍晚的时候曾钺又发短信过来了。是一首诗：

亲爱的，把我的心也拿去洗一洗／它悬空太久，孤单，痛／积满水火未济的灰烬／你务必把它洗净／亲爱的，洗净后请把我的心／放在你的心上晾晒／晾晒时间不能少于后半生／也就是从晾晒之日至心跳静止／亲爱的，当你把我的心拿走／就像拿走一件自己的衣服／从心跳的加速中我听到了渴望／那种由圆到缺的声律启蒙／亲爱的，把心放在水火之中再从心启动／万物天生一颗爱美之心／我爱你是因为你符合我的审美／你爱我是因为命运的安排

这时候暮色四合，斜阳温煦地洒进酒店的房间里。曾铖伸展双臂，以一种梦幻般的滑行姿态背道而驰的样子浮现出来。李选觉得她似乎看见了——这个曾铖，的确悬空太久，孤单，痛……他都经历了些什么？李选对艺术不是很能理解，但是，即使以那种《北京爱情故事》的方式来感受曾铖，她也能够被这样的一个男人打动。

离开上海的前一天，李选和小苏结伴去了上海市区。小苏在上海有位读研时候的同学，一定要请他们吃顿饭。这位同学姓王，开车带着自己的妻子和女儿专门来浦江镇接他们。接受这样的款待，李选完全是出于礼貌。饭桌上，小苏和他的同学开怀畅饮，王同学的妻子很贤惠，说，既然是老同学，就放开喝好了，回去她来开车。王同学的女儿也是四岁，和李选的儿子一样大，李选挨着小女孩坐，一直逗孩子玩。两个男人喝得很热闹，李选注意到了，他们不时用眼睛心照不宣地看自己。

被送回浦江镇的时候，已经很晚了。大家在酒店外面告别，王同学醉醺醺地趴在车窗里叮咛李选，李总你照顾好小苏啊！拜托啦！小苏的确醉得不轻，李选不扶着他，他便要倒地不起的架势。李选勉力支撑着，尽量保持微笑，向着车里摆了摆手。好不容易进到电梯里，小苏依着李选，傻呵呵地笑，说，李姐，我同学把你当我女朋友啦，还问我你比我小几岁呢！这话不像是假话，被人看得那么年轻，李选心里还是有点儿高兴的。但是小苏的这个状态，实在又让她感到讨厌。将小苏扶到房门前，李选从小苏口袋摸出了房卡，打开门把他弄进去。小苏跌进床上，趴着央求李选，李姐你别走，帮我弄口水，我渴死啦。李选皱着眉去冰箱里替他拿了罐可乐，刚递在他手里，就被他拽着不放了。李选甩手说，小苏松手，别闹了！小苏撑起身子，想要表达什么，手机却响了起来。于是小苏开始摸自己的口袋，摸来摸去，像捉一只啁啾着的麻雀似的，把自己的手机捉了出来。他看一下手机屏幕，笑嘻嘻地对李选说，老大，是老大。说着他炫耀地按下了手机的免提功能。

张立均的声音在房间里响起来："明天机票定好了吧？"

小苏直着舌头说："定好啦！"

张立均说："突然想起个事，明天走之前，你买份礼物给人家留下。”

小苏说：“董事长放心，我也是懂事的，嘿嘿，这个我早想到了，已经办妥了……”

张立均声音沉下去：“你喝多了？”

小苏说：“和老同学喝了两杯，不多。”

张立均说：“那早点儿睡吧，明天一早给我电话。”

小苏说：“好，好的。李姐你帮我记着点儿——明早让我给董事长打电话。”

李选一直听着，此刻心里响亮地惊呼了一声。

张立均缓慢地问道：“李总在你身边？”

小苏说：“在，董事长你跟李姐说话不？”

小苏醉眼蒙眬地瞪着自己的手机，但是李选知道，张立均已经挂机了。

回到西安的第二天，小苏就被集团解雇了。李选站在自己办公室的窗前向下眺望，从十九层楼的高度望下去，小苏就像一只微不足道的蝼蚁。他上了自己的车，歪歪扭扭地开了十几米，突然冲上路面，像一头疯狂的野牛奔驰而去。李选抱着自己的肩膀，忍不住微微战栗。这个事实有力地释放出来的那个信号，令李选感到了震惊。她看到了，张立均能够这样不由分说地毁掉一个人的生活。正在歙歔，办公桌上的电话响了，张立均在电话里简短地说，下午过来喝茶。

中午李选没有下去吃饭，心思纷乱地躺在办公室的沙发里。张立均的态度让她没了主意。她从未像现在这样清楚地认识到自己是张立均的附庸。她依靠他，于是他支配她。这一切是能够改变的吗？现在的李选，害怕重新变得心如死灰，大半年的好日子，反而让她变得软弱了。她觉得自己的人生经不起颠簸了。这时候她就想起了曾铖。想起了曾铖，好像立刻又有了选择。即使以最世俗的标准来衡量，如今的曾铖也是一个说得过去的男人。李选在网上搜过，曾铖的画儿，最高卖过近百万。重要的是，李选认为自己已经爱上了曾铖。李选在手机上翻看着曾铖发来的那首诗，眼泪不禁夺眶而出。她由衷地觉得自己爱上曾铖，真的是命运的安排，于是急迫地给曾铖发短信，问他：曾铖，我真的符合你的审美吗？曾铖回复得很快，但她还是觉得太慢了。曾铖问：什么？她回：你发来的诗啊。曾铖回：诗？我发你诗了？她将那首诗发回给曾铖。曾铖半天回道：天哪！居然跟你演这出，喝多了喝多了，李选你不许笑话我！一瞬间李选的心就冷了。也许曾铖真的是喝多了才发来的这首诗，但这么长的句子，滴水不漏，显然不是一个喝多了的人能在手机上做到的。那么，这是别人发给曾铖的，曾铖不过是转发了一下……

可是李选却不怎么恨曾铖。这原本就只是一个将近三十年没见过面的小学同学——李选几乎是很平静地回到了常识里。尽管她心痛。她有些怜悯曾铖——这个男人，悬空太久，孤单，痛，真是太不靠谱了。

下午三点多钟李选去了尔雅茶舍。张立均早到了，蹲在一盆小叶栀子花前用喷壶给花喷水。李选坐在惯常的位置上，喝着惯常的祁红。张立均一边侍弄着盆景，一边问了几句她在上海学习的情况，对她说翻过年她就需要忙起来了，建筑保温材料这部分业务，集团要求她完全负起责任来。这本来是正常的工作部署，可李选却感到是生活正在向她索要应该支付的成本。李选应着声，过了一会儿，她装作不经意地问起了小苏被解雇的原因。张立均站起来，拍拍手，回到茶台前喝了口茶，说，我不喜欢公司同事之间姐姐弟弟地称呼。李选突然执拗起来，挑衅般地说，可是公司里比我小的人都叫我李姐。张立均不看她，说，那以后别让他们这么叫了，我是让你去做副总，不是让你去做李姐。在一家正规的企业里，这一套不合适。然后张立均补充道，你能想象吗，微软公司的人都把盖茨叫盖哥？这句话挺逗的，但是李选一点儿也笑不起来。又坐了一会儿，张立均起身说，走吧。

李选被张立均带到了附近的一家酒店。张立均去停车，李选一个人先进去了。张立均在车上把房卡交给了她。虽然只来过不多的几次，但李选已经是熟门熟路。这套客房常年供张立均一个人使用，里面多了些他的私人物品，茶海，拖鞋，几本商业人物的传记，还有几只陶罐。李选把门给张立均留着，自己进了卫生间。没有关闭的房门发出嘀嘀的警报声，李选置若罔闻，脱掉衣服，把脑后绾住的头发披散下来。打开淋浴，莲蓬头的热水堪称滂沱。李选面对着墙壁，让水花从头到脚地在自己身上奔流。张立均上来了，她听到房间的门被重重地关闭上。过了一会儿，张立均进了卫生间，从身后抱住了她。李选没有回头，用手捂着自己的脸，让水流漫漶进嘴里，再轻轻地吐出来。张立均一动不动，双臂从身后环抱在她的腹部。过了一会儿，李选让出位置，让张立均站在了水流中，自己裹起一条浴巾出去了。这条浴巾是紫色的，显然不是酒店的物品。但是李选不能确定，自己就是唯一使用它的女人。她站在房间的床边，用这条浴巾揉搓自己的头发。张立均的衣服搭在一把椅子上，写字台上扔着他的钥匙包、钱夹，还有手机。有双无形的手在操控着李选，让她向着那只手机走去。她一点儿也没有感到紧张，以一种梦游般的姿态翻看着这部手机里的内容。这样的一幕曾经出现在李选的想象中：卫生间里传来哗哗的水声，一个女人用两只手（是的，两只手）握着手机……她打开了手机短信的收件箱。里面的内容无比繁杂，像阳光下投射出的影子，它的主人永远摆脱不掉的那部分东西，都呈现了出来。商场的阴暗倾轧，情场的虚与委蛇。一切都那么波诡云谲，一切又都那么稀松平常。李选迅速地浏览着，像是在检索张立均生活的底牌。终于，当她看到那几条内容时，仿佛如梦初醒，被自己的行为惊吓得几乎要失声尖叫。她像扔掉一条蛇似的扔掉了这只手机，继而赤身蹲在地上，将头埋在膝盖上，紧紧地抱住自己的双腿。

正准备睡，已经上床了。你喝多了？

昨晚喝多了？

没呢，在跟同学聊天。

……

五

曾铖春节前回到了西安。这次他先联系了雷铎。雷铎打电话给李选，兴奋地说："李选，曾铖回来了，我俩现在在一块儿，晚上一起吃饭！"

李选说："今晚可能不行，集团今晚开年会。"

雷铎说："开什么年会，没劲！老同学见面比那重要多了。"

李选说："雷铎你站着说话不腰疼，你现在自己做神仙，我可是个凡人，人在屋檐下呢。"

这个年会是很重要，起码被张立均强调得很重要。张立均通知各个部门和分公司，说这是对过去一年的最后总结，也是对于未来的展望，没有充分理由，任何人不得迟到早退。

雷铎说："什么屋檐，大家都不是活在野地里的，我也活在屋檐下。"

李选说："你是活在四百多平米的屋檐下，或者是活在美国的屋檐下。"

雷铎从小就是学习尖子，一路被保送着读完了博士，其后成为了国内最早涉足互联网的那部分人，在国外待了几年，如今住在西安，拿着美国绿卡，声称自己已经提前退休了。

雷铎嘿嘿笑了一阵，说："你还是争取过来吧，能早点儿溜出来最好，我们等你。"

但是李选早不了。年会开始的时间在晚上七点，勉为其难，李选还报了个节目，她翻看制作好的节目单，自己的节目被安排在靠后的位置。李选想，要不自己就不过去了。她知道曾铖已经回来了，两人之间一直保持着短信联系——往往是曾铖在夜里发短信跟她说些比较煽情的话，第二天又懊悔地道歉，说他不记得了，一定是喝多了。渐渐地，在李选心中，曾铖都快成一个酒鬼的形象了。李选被他弄得有些无奈，也有了麻木感，好像也习惯了他的这种风格。但是李选并不反感曾铖，她承认，曾铖对她有种无法解释的吸引力，尽管也常常带给她某种无法抗拒的忧愁。

晚上的年会包在一家温泉山庄举行。集团的高层们围坐在张立均身边。本来李选不太适合跟他们坐在一起，她不过是子公司的一个副总，但是张立均示意她坐了过去。由于派发了年终奖金，上上下下都很高兴，上台表演节目的人都铆足了力气。气氛很热烈，好像一切真的是在蒸蒸日上。李选却心事重重。她不断地看手机，因为曾铖不断给她发短信：快来。你快来。快点儿李选。我们吃完了，在喝茶。雷铎也发短信催她，告诉她具体的地点。李选坐卧不安的样子被张立均看在了眼里。他坐在她的右侧，不时回头不动声色地扫视一下。轮到李选上台的时候，已经快九点了。她唱了首《因为爱情》。当唱到“因为爱情怎么会有沧桑，所以我们还是年轻的模样”时，她不禁哽咽。她一只手握着麦克风，一只手攥着自己的手机。手机在轻微地振动，表明有新的短信进来。这一刻，李选像所有女人一样，在岁月面前百感交集。她的嗓音一般，但唱得如此动情，所以博得了热烈的掌声。在掌声中，李选走下舞台，匆匆回到自己的座位，拿起自己的包，匆匆离去。掌声依然在持续，所有的人都在用目光追随着她。李选为自己的这种义无反顾感到骄傲。她想她做到了，她在心里问，曾钺，我听从了你的召唤，妈的你看到了吗？当她一走出年会的现场，不禁就像飞奔一样地跑了起来。

刚刚发动起车子，张立均的电话就打来了：“你什么意思，大庭广众的！”

李选调整着自己的呼吸，说：“董事长，我有自己的自由吧？”

张立均一时语塞，似乎也调整了一下呼吸：“好吧，你好好的。”

他的口气令人费解，仿佛换了一个人。李选迷惘地开着车。她不明白，这个男人是为什么。她从他的手机中看到了那些短信，而那些短信，张立均否认自己接到过。反过来说，深夜再三出现的那些“神秘短信”，也是张立均发的。他想要什么？为什么要如此捉弄人？他这是怎么了？李选觉得这一切太玄奥叵测，像是用什么柔韧的材质在她的周围织就了一道罗网，而她刚刚的率性离席，就带着一股破茧而出般的激情。

但是到了地方，一切却平淡得令人气馁。曾铖和雷铎倚在沙发里，看到李选，像是看到了一个茶楼的服务生。还有一个挺胖的女人坐在曾铖的旁边，李选一眼就认出了她是李兰。李兰很热情地过来拉起李选的手说，猜猜我是谁？李选也热情地说，李兰，你是李兰。于是当年的两个女生做出亲昵状。雷铎干涉道，李选你坐我身边儿。李选说，为啥？雷铎分赃似的讲出他的道理：你看，咱们四个小学同学，上了初中就分道扬镳了，曾铖你跟李兰上了同一所中学，把你的人弄走；李选咱俩上了同一所中学，你是我的人。李选嗔道，谁是你的人？说着她看了眼曾铖。曾铖可能之前喝酒了，脸有些红，神情漠然。李选心里有些不快，忽然觉得自己手机短信里那些火热的召唤并不是出自这个人之手。

雷铎指着曾铖问李选："这人是谁？"

李选平静地说："是曾铖吧，还是老样子。"

曾铖说："李选你也还是老样子。"

雷铎揭发说："什么老样子，弄得跟铭记在心似的，曾铖你不是说记不清李选长什么样了吗？"

曾铖说："现在一见就记起来了，这人刻在我心里。"

李选有些紧张，觉得曾铖还是木然一些好。她怕他继续说出什么离谱的话。李选坐在了雷铎的身边，问道："你们喝酒了？"

雷铎说："我没喝，他俩喝的，而且基本上算是李兰喝的。曾铖喝得还没李兰多。"

这时候服务生进来问李选喝什么茶，李选随口报出了"祁红"。

大家开始说起一些童年往事，继而说起了各自的现状。雷铎说他不喝酒，是因为有"造人"的重任在身，年近不惑，他现在迫切地想要孩子了。李兰避而不谈自己的家庭，说了阵自己买房子的事。雷铎对西安的地产界很熟悉，给了她一些建议。当雷铎把话题引向李选时，李选叫道，雷铎你别那么嘴快，我的事儿对外保密。这时候曾铖开口说，那李选你把我们当外人了。李选说，也不是，是那些事儿鸡毛蒜皮，无足轻重。曾铖低头像是自言自语了一句：真的是无足轻重吗？说完他就不吭声了，又点着一根烟。他抽烟抽得太凶，几乎没有间隔。

李选看到他身边的李兰很自然地把这根烟从他嘴上摘下来，在烟缸里摁灭了。接着又说了说其他同学的现状，一边说，一边各自联络能够联络上的。渐渐有了共识，大家找时间正式聚会一次，地点就定在雷铎家——雷铎家宽敞，楼上楼下有四百多平米。整个气氛有些小小的激动，又有些隐约的索然。

坐到快十二点，四个人从茶楼里出来，雷铎拉着曾铖去找人打牌，李选说她送李兰，李兰却说自己家就在附近，过了街就是。这家茶楼在一条仿古街里，车子不让开进来，他们一起往巷子外走，雷铎和曾铖走在前面，李选和李兰走在后面。两个男人在前面勾肩搭背的，两个女人并肩走着，却都感到无话可说。李选看着曾铖的背影，内心似乎突然有所期待。真的是很神奇，当这种期待的念头刚刚生出，李选就看到前面的曾铖甩开了雷铎的胳膊，伸展双臂，沿着路面薄薄的积冰，以一种梦幻般的姿态滑行起来。李选自己都没有觉察地笑了，有种欣慰之感。身边的李兰轻声说，这个曾铖，永远是个没长大的孩子。李选注意打量一下李兰，路灯下李兰的影子都显得沉甸甸的。李选想起了曾铖说过的话：曾经那么轻的一个女生，被岁月弄成了这么重，难道不令人心碎吗？而且，这种分量的改变是跟我们同步的，由此及彼，我们就看到了我们的不堪……

可不是吗？

李选的车刚开到自家楼下，曾铖的电话打过来了。

曾铖说："李选你不高兴了吧？"

李选熄了火，坐在黑暗的车里不言不语。她是感到不愉快，但还没有到生气的程度。她赶去见了这几个人，性质上都有些义无反顾的意思，结果去了之后，曾铖却完全是一副视而不见的态度。对此，她也难以指责什么，因为她难以想象，如果曾铖不冷漠，又会是怎样的局面。毕竟，大家都是这样的年纪了，已经羞于当着别人的面再去炽热地表演。

李选说："嗯，不高兴。李兰挺高兴的吧？"

曾铖说："她高兴什么？"

李选说："又见着你了呗。"

曾铖说："那你也是又见着我了。"

李选说："我不一样，我又不会把你嘴上的烟拿走。"

说完这话李选有些后悔，问道："雷铎不是拉你打牌去了吗？"

曾铖说："我没去，没心思。"

又说："我的心思全在你那儿。"

李选说："在我这儿怎么见了又不理我？"

曾铖沉默了一会儿说："李选我想你，我就是想看看你。"

他的语气让李选想到了自己的儿子。李选觉得曾铖说的这句话，就像她儿子的那种语气——妈妈我想你，刚才我一想你，就闻一闻你的衣服。李选的心柔软了。她打开拉手箱摸出一包烟，给自己点着了一根。李选平时不抽烟，只在心情特别不好的时候才抽一根。

李选闭着眼睛说：“曾铖我问你个事儿。”

曾铖说：“嗯。”

李选尽量让自己的声音不显得那么愚蠢，她说：“我有个女朋友，在一家公司做事，她的老板对她不错，两个人也上过床，但并不牵涉感情。后来这个老板突然经常在夜里给她发短信，但又否认是他发的。他这么做，是为什么？”

曾铖好像也点了根烟，李选似乎可以嗅到烟雾从他那里弥散而来。

曾铖说：“我想，这个男人是为了得到她吧。”

李选说：“可他已经得到了。”

曾铖说：“我们说的不是同一个概念。他想得到她的情感，你说了——这两个人不牵涉情感。”

李选说：“通过这种方式，他就会得到她的情感了？”

曾铖说：“有可能的。这是邪恶的游戏。那个女人因此会臆想，会揣测，甚至因为臆想和揣测而嫉妒，会生出怪异的热情，变得跃跃欲试，因为她会被谜面所吸引。”

李选深吸口气，被烟呛得轻微咳嗽了一下。“那么，得到了她的情感，他又能如何呢？他绝对没有让她做妻子的愿望——她也从来没这样指望过。”

曾铖说：“但他会有满足感。这种满足感，远远大于肉体给予人的满足。”

李选说：“仅仅为了自己的满足，就玩弄出这样的花招？这么做，不可耻吗？”

曾铖沉吟着说：“我觉得这个男人可以被原谅，他可能也很孤独。”

李选有种空洞的愤怒：“凭什么原谅他，他这是在捉弄人！”

曾铖说：“那个女人一定很漂亮——而万物天生

一颗爱美之心。”

李选觉得一下子无力了，嗫嚅着问：“难道一个女人漂亮了，就应当被这样捉弄？”

曾铖说：“从某种意义上讲，这就是一个漂亮女人的宿命。你是一个罗敷，就要面对纷至沓来的使君，你让人踟蹰，自己也要踟蹰。”

李选虚弱地自辩：“不是我，你别往我身上扯……”

曾铖不做声，过了很久，他说：“李选我想看到你。”

李选说：“你在哪儿？没回家吗？”

曾铖说：“就在家门口。”

曾铖没有像李选想象的那样站在深夜的街头。他父母家的对面有一家不大的酒吧，李选到的时候，曾铖已经喝掉了半打啤酒。太晚了，酒吧里很冷清，除了曾铖，只有一对看不清面容的客人坐在暗处的角落里。曾铖没有脱外套，给李选的感觉就是“悬空”着的。那样子，就好像他跟摆在他面前的那些啤酒瓶，那些蒙上水汽的玻璃窗，挂在墙上的轮胎、海报、爆米花机等等，完全没有一点儿关系。李选在曾铖身边坐下，曾铖的手揽一下她的肩膀，她就依偎在了曾铖的肩头。李选说，你看上去不大好。曾铖说，是。又说，你好像也不见得比我好到哪儿去。李选的眼眶中噙满了泪水。她说，曾铖，我苦。曾铖说，我知道。李选说，你不知道。曾铖说，我知道，你都告诉我了，尿布，白菜，乳疮……李选拼命地摇头，说，不是这些，不仅仅是这些，能说出来的，其实都不是真的苦。曾铖说，嗯，我知道，所以我不对你说我的事儿。李选抚摸着曾铖的脸，他的脸很烫。如此贴近地看，他的脸似乎变得完全陌生了，显得那么疲惫和衰老。李选说，你不说我也知道。

曾铖说：“大家都是从苦里熬出来的，像熬成了药渣的中药。”

李选说：“差不多。我三十多岁才嫁人，就是因为之前……”

曾铖说：“李选你不要说，我不想听，听了只能让我不安。”

两个小学时候的同学在这一刻像一对多年的挚友枯坐在浩大的岁月面前。这也许就是他们邂逅的全部意义和价值。他们喝着酒。李选的手机不时发出振动。起初她还看一眼，后来就不看了。她向曾铖问起了那首诗，问他，真是酒后发来的吗？曾铖避而不答，说那首诗其实挺庸俗的，却有一句打动人心——万物天生一颗爱美之心。他说这是以一当百的借口，也是以一当百的理由。李选上了趟洗手间，她有种很强烈的错觉，那就是回来后她就看不到曾铖还坐在那儿了。

后来李选问：“曾铖你也是那样的男人吗？”

曾铖说：“哪样？”

李选说："为了满足什么就去捉弄女人。"

曾铖说："其实，当男人捉弄女人的时候也是在捉弄自己。"

李选说："曾铖你还相信爱情吗？"

曾铖说："我对你说过，我不信了，但我要求自己必须还得一次一次地去信，没有了这种相信，我们会活得更加糟糕。还能试图去爱，会让我们显得比较像一根还有被煎熬价值的药材，而不是已经成了可以废弃的药渣。"

李选说："但是我不信了。"

曾铖说："李选你依然渴望爱。"

李选说："也许是。但是过了今夜，从明天起，我就不再允许自己渴望。从明天起，我要做一个废弃的药渣，要告别那些让自己神魂颠倒的煎熬，简简单单地，哪怕是麻木地生活。"

她把此刻与曾铖的会面也当成了一个年会，用以总结过去和展望未来。

曾铖一只手支着头，闭着眼，表示一种沉默的赞同。他说：“好吧李选。不过人在渴望着什么的时候，一般会尽量让自己显得瑕疵少一些，尽量让自己显得不那么恶心……”

李选突然失声哭泣。她抽噎着说：“可是妈的人就是挺恶心的。”

曾铖并不安慰她，默默地喝着酒。

李选说：“曾铖你得逞了，我对你动情了。可我知道，你从没想过和我实质性地去相爱。”

一辆车从窗外驶过，车灯无声地从曾铖的脸上扫过。他捂着自己的脸，呻吟一般地说：“可是李选我觉得我爱上你了。”

李选说：“使君站在罗敷面前的时候，也会觉得爱上了这个女人。”

曾铖说：“分不清了，我已经分不清这些爱与爱之间的区别……”

李选呆呆地说：“男人真可怕。”

服务生过来委婉地提醒他们该打烊了。两个人几乎是同时无言地站起来。外面很冷，不知道什么时候下起了雪，街面上一片银白，人行道上的积雪踩上去让脚底有种轻微被吮吸的感觉。开车门的时候，曾铖抢先坐进了驾驶位。他说，他不能允许自己和一个女人坐在车里时，是由女人来开车的。李选说，可是你喝多了。曾铖说，你不也喝多了吗？李选站在车外，一时间，脑海里浮现出这样的画面：曾铖驾车而去，将她一个人扔在了深夜雨雪交加的街头。这幅画面很逼真，但的确没什么意义。曾铖的胳膊从车窗伸出来，打着催促的手势。李选摇摇头，绕过车头上了车。车子启动起来，感觉像是滑行在冰面上。李选想起了曾铖在夜晚的大街上滑着走的样子。李选说，曾铖你永远是个没长大的孩子。雨刮器摆幅稳定地在眼前刮过来，刮过去。他们没有目的地。但仿佛都对要去的地方了然于胸。那也许就是李选所决定的去处——过了今夜，就是药渣的人生。他们为了告别而向前驱动着车轮。

李选说："曾铖你身上有股味儿。"

曾铖说："酒味儿吧，还是烟味儿？"

李选说："都不是。"

曾铖使劲嗅了嗅，说："那可能是松节油的味儿。"

李选说："画画用的吗？好闻。"

车子在这一刻飞快地闯过了一个红灯。车身震荡了一下，有一声闷响。直到驶出几十米后，两个人几乎同时低叫了一声。车子刹住了，曾铖脸色煞白地看向李选。刚刚他的脸上还是通红的。

当他们下车跑向那个倒在远处的一团红色时，李选再次看到了曾铖踉跄滑行的样子。

那的确是一个穿着红色羽绒衣的女人，蜷缩在雪地上，感觉很厚实。曾铖蹲下去看了一眼，有两三秒钟的时间，李选以为他要去抱这个人。但是曾铖又迅速地站了起来，眼睛直视着她。李选在那一刻，看到的是他的脖子上又一次神奇地裹着条凭空而来的围巾。

在这之前和在这之后，李选都不会想到自己生命中居然会有如此镇静的时刻。她捧起了曾铖的脸，踮起脚尖，深深地吻他。她想让他永远记得，她的嘴唇竟那么柔软，让他在这一刻，再次感受女性的嘴唇会那么柔软，给他喻示出所有女性的嘴唇，再次对他启蒙，无以复加，让他其后亲吻着的其他女人的嘴唇，也就只是嘴唇了……

李选推开曾铖，说："走！"

曾铖呆呆地站着。

李选说："你快走！"

曾铖望着她。

李选说："酒驾，闯红灯，你找死啊！"

曾铖怔忪地说："你也喝酒了……"

李选说："我喝得比你少。"

这当然不是理由。

曾铖呼出大团的雾气。世界被消了音。飘着雪的夜晚弥散着的是一种奔涌的寂静。

李选开始用手机报警。

曾铖歪着头说："李选，你确定？"

李选觉得自己的眼睛都冒出火来了，这一刻她觉得眼前这个人比眼前这件事更可怕。她冲着他声嘶力竭地喊："走！你走！"

曾铖转身走了。走出几步，他伸展开了双臂。

六

曾铖电话打进来的时候，李选在医院里守着昏迷不醒的受害人。这是一个看上去不到二十岁的姑娘，身上找不到任何可以证明身份的线索，没有证件，没有票据，没有手机，仿佛从天而降。她随身只带了一只洗漱包，里面装着甘油、避孕套、湿巾。警方推断这是一名深夜谋生的“失足妇女”。——这个指称让李选觉得极不准确，她觉得这只是一个女孩，绝对不是妇女。同时，“失足”也让李选觉得，好像是这个女孩一不留神，自己跌进了这起事故当中。按理现在李选应当待在拘留所里。但她当天夜里报警之后，紧跟着拨通了张立均的手机。一切都由张立均去处理了，张立均以他一米八的身姿站在现实的逻辑里，正堪处理这桩极具现实感的事件。李选只需要守在医院。受害人的安危将决定这件事情的性质。这个“失足妇女”被送进医院做了开颅手术后，已经昏迷了三天。其间雷铎给李选打电话，问她曾铖出什么事儿了——怎么春节也不陪父母过了，一个人跑到了海口？李选说，他去海口了吗？我怎么知道他出什么事了？雷铎说，李选你别瞒我，我看得出来，你跟曾铖有事儿。李选说，雷铎你别瞎猜，我真的不知道他的事。

曾铖在电话里问李选：“李选你还好吗？”

李选说：“还好。”

说着，她看了一眼坐在病房里的张立均。张立均是刚过来的，这几天他天天会到医院来看看情况。张立均好像等候着她的目光，他面无表情却又显得饶有兴味地看着她，就像是一个医生看着一个病人，一个法官看着一个证人，一个主人看着一个客人。

曾铖问："伤者的情况呢？"

李选说："还昏迷着。"

曾铖说："你告诉我卡号，我打钱给你……这种事，少不了用钱的……"

将这件事情落实在"钱"上，似乎令曾铖痛苦，听得出，在他那种听起来漫不经心的声音背后，伴随着不断的深呼吸。

李选说："不用。"

曾铖最后说："你看李选，现在我成一个肇事逃逸的人了。我知道，李选，你不愿让人知道有我这样一个家伙存在——那天夜里，你的眼神告诉我了。那一刻，我感到你将我当成了一个对你有着极大妨碍的敌人。可是我真的想问问你，既然是这样，李选，为什么你还会那么深沉地吻我？"

李选认为自己听到了貌似啜泣的声音。她在内心不遗余力地告诫着自己，冷静，麻木，做一个简单安宁的药渣，那天夜里，你已经与所有的踟蹰做了告别！

李选挂断了手机，向张立均轻松地侧下头，说：“一个老同学，知道我出事儿了，问我需不需要钱。”

说完，尽管竭力不去那么想，但是李选依旧觉得自己陡然平添了一些底气，仿佛成功地在一场竞赛中领先了什么。

张立均揉一下鼻子，不置可否。

这时候病床上昏迷已久的人用一种指控的语气发出了呓语般的呻吟：“我看见了，一个男人，一个男人，一个男人……”

须臾间，李选仿佛看到“一个男人，一个男人，一个男人”，络绎不绝，以一种四列纵队般的规模向她走来。他们既像是在被她检阅，又像是检阅着她。

空调上的婴儿

退休后女人常常起得很晚。她不是一个懒惰的女人，实际上，多年来她总是起早贪黑的。那时候，她是动物园的饲养员，负责饲养一群鹤——丹顶鹤、黑颈鹤、白枕鹤、灰冠鹤。这些鹤，不是国家的一类、就是二类保护动物。她习惯了为这些国家的珍稀动物而操劳。不是觉悟高，是养出了感情，成为了习惯。它们吃窝头、玉米、蔬菜、泥鳅、鲫鱼，膳食不比她家的伙食差。为保证它们的发情和交配，在繁殖前期，还要加些牛肉末、熟鸡蛋、鱼粉、多种维生素和矿物质添加剂。这让女人在某种程度上，接近于一个营养专家了。她用这样的经验来喂养自己的儿子，将儿子也喂得瘦瘦长长，像一只鹤。

这个工作，女人从十八岁做起。过去的二十七年她日复一日地如此饲养着鹤群：将窝头掰成小块；将肉末、熟鸡蛋、青绿饲料洗净切碎；每天喂两次，上午下午各一次；加添加剂；玉米粒随时投饲；淡水鲫鱼一天喂一次；笼内要常备饮水，每天换两次；冬季增加一些花生。中间间隔着她自己的婚姻和生育。

她本来可以再干若干年，干足应该退休的年龄。但是她提前退休了。因为她的丈夫失踪了多年。那个动物园里的驯兽师，被领导连同一头狮子一齐租借给了私人的马戏团。人和狮子去了兰城。然后就消失得无影无踪。动物园后来派人去兰城寻找过，但是一无所获。丢了。还有，她的儿子也死了。这是压垮骆驼的最后一根稻草。女人倒下了。倒下的表现就是，她提前退休了，离开了那群朝夕相伴，已经和她的生命连在一起的鹤——丹顶鹤、黑颈鹤、白枕鹤、灰冠鹤。丈夫。儿子。她真的是一无所有了。

今天女人依然醒得很早。醒来后习惯性地躺在灰白的晨曦里。她醒得早，却起得晚。女人一动不动地躺在床上，眼睛盯着某个并无深意的角落。这是她退休后养成的习惯。她已经习惯于活在习惯当中了。所以，当她离开了自己的鹤群，从一个习惯进入下一个习惯中，就没有太多的不适。不过是习惯。

那些熟悉的鹤唳随着晨风传来。春天里，发情的成鹤性情凶猛，不但攻击同类，而且也攻击饲养员。最初的时候，女人为此没少受伤。至今她的额头上还留着一块明显的啄痕。女人听得懂这些叫声。耳畔的鹤唳尖锐凶狠。女人知道，这种单音节的叫声，意味着警示和威胁。

在这个早晨，女人从退休后的习惯中爬起来，没有在床上多逗留。起身后，女人首先打开了窗户。屋内有那个男人留下的气味。她早早打发走了那个男人。那时候天还没亮。男人很顺从，一声不响地起来穿衣，然后蹲在沙发上吸了根烟，就离开了。他总是喜欢蹲着。他有些怕她。

丈夫失踪后，女人身边有很长一段时间没有男人。她把精力投入到鹤群的交配上。鹤们兴致盎然，生气勃勃。她很了不起，靠着眼睛和鼻子，就能分析出雄鹤精液的质量。当然，她掌握着给鹤群人工受精的办法。助手捉住雄鹤，将鹤的尾部朝着她。她拨开羽毛，用食指轻轻按摩雄鹤的尾腺，泡沫状的腺体从那里排出来。雄鹤的器官被压出了体外。她堵住排粪口，防止采出的精液被粪便污染。接着，她慢慢向上挤压。助手随时用吸管提取精液。整个过程不超过两分钟。但，毕竟也是一场完整的性事。雄鹤在她挤压下的每一个颤动，都波及她的身上。这些，对于一个中年女人，也够了。也够了。

男人以前在街上开着一家网吧。他怕她，觉得她像她养的那些鹤，有种凛然的风度。男人粗粗壮壮，蹲着，像五十斤的大米装在了四十斤容量的口袋里。女人看惯了鹤的纤瘦，渐渐就厌恶一切粗壮的物种了。但男人对她好。尤其在儿子刚死的那些日子，她需要一个男人搭把手。即使是一个粗粗壮壮的男人。男人陪她处理了儿子的后事——认尸，火化，在陵园里买一块地，埋起来。

男人昨天夜里对她提出了一个建议："咱们在乡下租块地，养鹤吧！"

女人不吭声，敦促他先把该穿的衣服穿好。她不习惯完事后还面对着一个裸身的粗壮男人。女人常常有这样的隐忧：自己失踪的丈夫突然回来了。打开门，是衣衫褴褛的丈夫。丈夫的身后，是那头颠沛流离的狮子。这一对儿，都毛发脱落，瘦骨嶙峋。丈夫会向她要儿子的。

男人得不到响应，兀自喋喋不休。他说："我打听过了，我的个妈呀，这玩意儿挣钱。你本身就是做这个的，你是专家，你要发挥余热！”

发挥余热？这话刺耳。女人想，如今自己和这个男人睡在一起，就是发挥余热。至于“专家”，首先令女人想起了自己给雄鹤人工采精的手段。她想，是的，我是这方面的专家。这样就联系到了身边的男人。这让她有些忍俊不禁，也有些灰心丧气。男人一晚上都在说着自己的计划。女人顾自睡了。养鹤？哪有这么容易？动物园里那块人工湿地，前前后后，是用几百万搞成的。何况，她已经对于养鹤没有了兴趣。她想，那些鹤，都是国家的珍稀动物，而她自己，是连一个儿子都没养好的。她给动物园的领导都是这么讲的，作为申请提前退休的理由。领导无话可说。他们弄丢了她的丈夫，把她的丈夫和一头狮子租给了走江湖的。何况，早些腾出一个岗位，他们也求之不得。手下有一个丢了丈夫、死了儿子的职工，是一件很棘手的事。

春寒料峭，从打开的窗户刮进来，发出微弱的呼哨声。风声鹤唳。

女人在风中打扫房间。屋子称不上整洁。一个丢了丈夫、死了儿子的女人，不能再苛求她了。多年来，她的家不如她操持的鹤舍。这个家经年充斥着动物的味道。丈夫在家的时候尤甚。驯兽师常年和他的那头狮子厮混。儿子活着的时候对此时常抱怨。他说他的同学都不愿意靠近他，嫌他身上有一股“尿味”。最后，这种抱怨成为了借口。当儿子长成一个少年的时候，他弃学了，混迹街头。最终，伤人，被杀。儿子死了，这个家就更没有必要被打扫得窗明几净了。

这个清晨，女人动手打扫起自己的家。在过去的半年多时间，女人和两个曾经的同事走动多起来。她们邀请女人去家里做客。都是平凡的家庭，但比她的家干净一些。而且彼此住得很近，都在公园旁的家属区，抬抬脚，就到了。两个曾经的同事依然在上班，一个卖门票，一个饲养大象，打算坚持到法定的退休年龄，这样在工资上可以避免不必要的损失。她们都比她理智些。还上班的时候，大家并不是十分亲近。但受到邀请后，女人并没有感到格外的意外。

卖门票的女人离异了，女儿得了白血病，医治多年，终于死了。喂象的女人有一个儿子，但是似乎从来没有过丈夫。这个儿子去南方打工。一家很有名气的国际企业，却突然像是被施了魔咒，在一个时期，员工纷纷跳楼自杀。这个儿子步人后尘，也跳楼了，死了。所以，她们的邀请也并不显得格外的唐突。毕竟，她们和她一样，没有丈夫，身为母亲。这样的聚会，不过就是丧子母亲们的聚会。

女人聚在一起，说说没有主旨的闲话。然后一起动手，做饭，像一家人围坐在餐桌边进餐。饭是家常便饭，顶多变些微不足道的花样，添几道凉菜，喝一杯酒什么的。肉不缺。鱼也不缺。在动物园工作，这些东西从来不缺。而且是新鲜的鱼和肉。她们习惯了，用饲养动物的鱼肉，来饲养自己。所以不要对她们相对来说还算是丰盛的饭菜感到惊讶。那不过是炝豆芽，拌黄瓜，花生米，油炸小鲫鱼，红烧鸡块，水煮肉片，孤身女人的悲伤。

今天她们约好来她家。这是头一次。之前都是女人受到邀请，去造访她们。被邀的次数多了，女人感到不好意思，郑重地决定自己也召集一次聚会。她们依然在职，时间没有她富余。以往的聚会多是根据她们的方便来计划。所以女人倡议的这一次，便一直拖着，不是这个没法调休，就是那个离不了岗。好像这个世界依然离不开中年女人。为此，女人有些庆幸，感到自己如今可以醒着躺在灰白的晨曦里，是一件很好的事。

这次终于约齐了。昨晚那个男人来敲她的门，她本身是不想留他过夜的。这个男人烟瘾不小，有味，尽管不会大过她家里的“屎味”，却是一种不同的味。她不想让两个女伴嗅出不一样的味。她们比她大方。有几次聚会，她们都喊上了自己的男人。喂大象的女人找了个比自己要小十多岁的男人。当然不是很正经的男人。可能是下岗了，在动物园里租了摊位，卖啤酒。人倒是很乖巧。有他在，喂大象的女人不下厨的，也命令她们不要去搭手，让这男人操持出一桌的炝豆芽，拌黄瓜，花生米，油炸小鲫鱼，红烧鸡块，水煮肉片，悲伤。卖门票的女人找了本单位的人，后勤科的，副科长。副科长有家室，但也不避讳，和她们一起说说没有主旨的闲话。女人有时候突发奇想，想问问喂象的那个，大象是怎么交配的。那种事情，像大象一样做得轰轰烈烈，令人难以想象。她比她们小气。因为她是一个养鹤的。她像她饲养的那些鹤一样，有种凛然的风度。

昨夜女人原本让那个男人走的。但完事后男人说起了他的计划。男人的网吧自从发生了那次斗殴后，就被警察封掉了。那次斗殴和女人的儿子有关。男人对女人惦记了很久。谁都知道女人的丈夫和一头狮子一去不回了。但女人鹤一样的风度让人对她敬而远之。男人只好旁敲侧击，很迂回的，收买起她的儿子。她的儿子，那个混迹街头的少年，迷恋网吧。这让男人找到了示好的机会，常常收留夜不归宿的少年，让少年免费在自己的店里尽兴。有些时候，男人在背后看着在电脑上酣战的少年，心里会对这个长手长脚的孩子生出一种父亲般的感觉。这些时候，他会混淆了自己的身份，父亲般的，给少年送上一瓶果汁或者可乐。女人知道儿子的行踪，反而踏实下来。毕竟，那是一个确切的去处，总比让人无迹可寻的好。女人已经从失踪的驯兽师那里，饱受了“无迹可寻”的苦。对这个网吧老板，女人却依然排斥。她觉得她不需要男人。她可以投入鹤群的交配中。结果，儿子却在男人的网吧里刺伤了人。对方其实是来找网吧老板麻烦的。儿子应当不是一个胆大的少年。这一点女人相信自己的认识。从小到大，一个儿子暴露在母亲眼里的胆小，没有比她这个做母亲的领会得更多。驯兽师走失的时候，儿子才十岁。他曾经对她说，他自己最大的愿望，就是去兰城，找回他的父亲。但是，他害怕。最大的愿望被害怕阻拦，害怕也就会被放大成最大的害怕，让他成为了一个内心怯懦的少年。这个内心怯懦的少年，却在网吧里挺身而出了。网吧老板，这个居心叵测的男人，打动了她的儿子。少年想起了他买给自己的盒饭，想起了他送上的果汁和可乐。事发后，男人的网吧被警察封了。从此再也没有被允许开业。

因此，男人现在是个无业的男人。这种状况联系着那次事件，也联系着她的儿子。所以，昨天夜里，当男人说起他的就业计划时，女人就忘记了让他离开。她想着自己的儿子，顾自睡了。

拂晓的时候女人醒来，立即想起了今天的聚会。

她捅醒身边的男人，让他快些走。男人被她从梦中捅醒，不是头一回了。她的手指像匕首一样，硬生生戳他的肋骨。

“起来，快走，起来。”

女人一边戳着，一边低声断喝。

男人乖乖地爬起来，努力平复着自己受到惊吓的心。对于这个女人，他始终唯命是从。自从他上了她的床，他就要求自己习惯这个养鹤女人的风格。在男人眼中，她是不同凡响的女人。她丢了丈夫，死了儿子，还养鹤。这些，都是她不同凡响的资本。对于这样的一个女人，有什么好讲呢？服从就是硬道理。而且，尽管没有受到追究，但在男人的心里，对于那个少年的死，一直心有余悸。毕竟，少年是在他的网吧里捅了人，毕竟，少年是在替他出头。事发后少年找过他，他塞给少年一把钱，让少年快些跑。孰料，这一跑，少年就跑成了一把灰。少年的骨灰是他陪着女人捧回来的。放在她家的老式半截柜上。少年的遗像立在骨灰盒上。唯一的一次，他自作主张了，去陵园买了块地，劝说女人把儿子埋起来。

“把儿子埋了吧。”男人说。

这块地真不便宜。男人不是殷实的人。下岗多年，他的网吧没给他挣下多少钱，否则他的老婆也不会跟人跑了。但这次他少有地慷慨。五千块钱，几乎是他无业后全年的最低保障金。事情出人意料地顺利。女人没有反对，让他陪着，将儿子的骨灰下葬了。女人只是在他说“把儿子埋了吧”的时候，矫正他：“这是一把灰，这不是我儿子。”

墓前立了块碑。上面刻着儿子、母亲、父亲的名字。无业男人在一旁寥落地站着，无所事事，仿佛旁观着别人的一家三口。从陵园回来，他就上了女人的床。完全是女人主动的。她沉默地侍弄着他。手指娴熟。男人少有地细腻了一回。他想，女人是在通过这件事情，来发泄她的悲伤。一定是这样的。

女人的肢体，像鹤一样瘦长，腿就差长到露着青筋的脖子上了。男人觉得床上的女人随时会从窗户飞出去。

地上扔着的卫生纸团令女人不快。她在晨风里首先将它们扫进了簸箕。其后，她顺手将扫帚探到了床下。她的胳膊颀长，加上扫帚柄，就是一个能够抵达黑暗深处的长度。床下积满了絮状的灰尘。女人忍不住咳嗽起来。一枚硬币在她的咳嗽声中滚了出来。好像是被咳嗽声叫了出来，不是被扫帚扫出来的一样。女人俯身捡起，放在眼前打量。

这是一枚游戏币。比五角钱的硬币大，比一块钱的硬币小，上面刻着圆鼻子的小丑。女人想起来了。有一次，她带着儿子去公园的游戏厅玩，一块钱一枚的游戏币，她给儿子买了十枚。那时候儿子还小，个头到她的胸部。儿子用七枚游戏币开了虚拟的赛车。剩下三枚，他打算以少博多，赌一把，盼望从那种叫“摇钱树”的机器里滚出源源不断的游戏币。没有成功。三枚游戏币投入后，机器里的财富摇摇欲坠，就是不见落下，让人欲罢不能。儿子不甘心。他认为自己只要再投入一次，就会大获成功了。但她拒绝了儿子。她不是一个大方的女人，能省就省，儿子的头发都是她动手来剪的。如果不是因为丈夫刚刚失踪，她是不会把儿子带到游戏厅里来的。她这是在补偿儿子。但补偿的额度，她限定在十块钱之内。儿子还是懂事的。他没有纠缠，被她牵着离开了。走出几步，儿子却挣脱了她的手，飞快地跑回去，使劲踢那台恼人的机器。震荡之下，机器里的游戏币再次摇摇欲坠，甚至更加遥遥欲坠了，却依然不见落下。儿子很失望，他断定自己再踢两脚就会得逞。但工作人员上来阻止他了。是一个不大的姑娘，态度粗暴地揪住儿子的衣领，将他拎出去。女人一瞬间愤怒了。她是这公园里的正式职工，而这个姑娘，不过是雇来的临时工吧，却这样对待她的儿子。女人冲过去，拔脚怒踢那台机器。

她简直像是在搞破坏，完全是要把机器踢烂的架势。周围的人吓呆了，眼看着她发威。儿子也吓呆了，居然往那个拎着他衣领的姑娘怀里缩。那一刻，女人真孤独。她穿着工作时的长雨靴，甩起自己的长腿奋力地踢着，脚趾踢得肚子都跟着一阵阵绞痛。但眼前的机器岿然不动，里面诱人的财富像坐在摇椅里的老人，怡然自得地前后摇摆，像一个恬不知耻的骗局。她就这样一直徒劳地踢下去。渐渐地，她忘记了自己的目的。她唯一的愿望就是，踢出一枚游戏币来。那样，世界才不会显得如此的令人绝望。就这样踢了无数脚后，一枚游戏币终于姗姗落下。当啷一声，好像世界打了个响指。它落在铁皮槽里，弹起来，跌在地上，旋转着滚动，一直滚出好几米。这是世界给予她的一个施舍。她有些呆愣，茫然地收住脚。儿子过来牵她的手。鹤一般的母子俩在众人鸦雀无声的注视下离去。他们经过那枚上帝赐予的钢镚。她庄重地昂着头，却心动神移。当儿子弯腰捡起那枚钢镚的时候，她觉得，自己的心，都要碎了。女人觉得很羞耻。她觉得这个世界令人羞耻。

就是这枚钢镚。现在被她从床下扫了出来。举着它，女人没来由地一阵心酸。她的儿子，小名叫钢镚。

可他一点都不像是一枚钢镚。即使当他长成了一个少年，一天天顽劣起来，也不像一枚钢镚。又一次，他们母子争吵的时候，他当胸打了她一拳。那一拳令女人伤心不已。不是因为被儿子打了。是因为，她以一个母亲的胸怀，感受到了儿子这一拳的软弱和无力。这一拳如此空洞，虚张声势，居然没有打痛她。她为这个感到伤心。儿子在网吧里捅了人，警察追到了家里。第二天儿子潜回来，失魂落魄。女人也心乱如麻。但在儿子面前，她努力保持着镇定。她一大早就去银行取了钱。她在家里等着儿子。她把那沓钱交在儿子的手里。她还为儿子提供了一张照片，那是驯兽师与狮子的合影。她让儿子去兰城找他的父亲。

“跑吧，儿子！”

她对儿子说。

儿子收下了钱。但他却企图还回那张照片。一瞬间女人几近崩溃。她不可遏制地颤抖起来。儿子握住了她的手。他动情地将她的手捧在怀里，忍不住放声大哭起来。女人在儿子的哭声中恢复了镇定。但是她也哭了。她给儿子取了钢镚的小名，是希望这孩子挺括刚硬一些的，但此刻，女人深深地被儿子突然而来的温柔打动了。她催促自己的儿子：“你跑吧，跑得越远越好。”

女人对于驯兽师的行踪毫无把握，她实在难以确定，儿子此去，就会找到他的父亲。但那时女人想，上帝会给他们母子留下一丝微弱的余地，在她绝望的时刻，赐下一枚安慰性质的钢镚。她想，自己那个与狮子为伍的丈夫，离散多年，就是为了给她的儿子留下一个投奔的希望。

房间里的灰尘仿佛越扫越多。太干燥了，即使毗邻着一个有着湖泊与湿地的动物园。女人打了盆水，泼洒在地上。水迹很快就挥发了。她似乎可以看得到那些水汽从自己的窗户拥挤着奔逃的样子。

女人对着半截柜上的遗像发起愁来。她不知道是不是要把这张照片收起来。这样的照片，在两个女伴的家里都有。几乎是一模一样。都装在本色的木头相框里。都是黑白照。这让照片上的三个孩子，仿佛是同一个人了。女人不想让自己的家和那两家如出一辙。不知道为什么，对于那种相同的致哀，她一样感到了羞耻。是的，她感到羞耻。悲伤是那么羞耻。哀恸是那么羞耻。这样的羞耻大到一个地步，令她在埋葬了儿子的当天，不得不和一个男人去上床。她必须做些相反的事情。否则，她会被羞耻扯碎了。活着，真丢人。

犹豫再三，女人还是将儿子的照片收掉了，放在半截柜的抽屉里。这个抽屉里塞着许多照片。半年前，女人收起了家中所有可见的照片。那些影像，她看不得了。不是悲伤，是恍惚。她不能相信，这些镜头里记录下来的，真的就是她一段接一段的荏苒的光阴。她连儿子的遗容都难以辨认。那个黄昏，警察再次找到了她，将她带到了太平间。冷柜里的那个少年，是她的儿子吗？与她何干？在警察的说明下，女人似乎是听懂了。儿子在逃亡途中，还没有出城，就遇到了一伙打劫的少年。他们杀了他，抢走了他的钱。是一场突发的案件。没有预谋。即兴杀人。可是，为什么会有这么多的少年浪迹街头，拔出刀子，即兴杀人呢？她不懂，情绪裹挟在这样的疑问里，放弃了对于噩耗的感知。在太平间的院子里，一个看门的老头堵住他们，言之凿凿地说："我见过那死孩子！他一人早就跑来向我问东问西，问我夜里有没有送进来个被捅死的！"

随行的警察警觉了，上去盘问他。

“是这死孩子！没错！我见人见得多了，活着的死了的，加起来见得多了！”老头兴高采烈地说，“这死孩子，他还想跟我搞歪门邪道，想贿赂我，要进去看看。”

他要进太平间看什么？陪在身边的网吧老板听懂了。后来对女人讲：她的儿子在网吧里捅了人，害怕了，躲了一夜后就去太平间打听是不是有被捅死的人送了进来。其实那个人并没有死，不过是被送到了医院里抢救。但行凶的儿子，却就此走上了逃亡的路。结果，自己也挨了即兴的一刀，躺进了太平间。

看门的老头也这么说：“哈哈！这下他不用搞歪门邪道了！这死孩子自己躺里面了，没谁能拦得住他，再大的官说了都不算！”

他一口一个“死孩子”，令警察都觉得不妥了，匆匆结束了盘问，示意女人离开。但女人木然着。她不觉得老头嘴里的“死孩子”与她有关系。那个

“死孩子”顺溜地躺在冷柜里，恬静，安适，已经不是一个具体的孩子了。他是这个世界所有的“死孩子”。他们出了院子，还要去公安局办理相关的手续。坐进那辆警车里，女人听到那个老头追着他们嚷嚷：“这死孩子问我这儿的人都是怎么死的，知道我是怎么回答的吗？——怎么死的都有！病死的，轧死的，摔死的，淹死的，捅死的！”

女人把自己的脸贴在警车的玻璃上，看外面。太平间的铜牌子在夕阳下熠熠发光。这让女人突然有些无法说明的激动。她的怀里，抱着一只纸袋，里面装着儿子的遗物。一件染了血的旧衬衫。一条被医院用剪刀剪开的牛仔裤。袜子，只有一只。

现在，当女人把儿子的遗像塞进半截柜的抽屉里，关上抽屉时，她再一次感到了那种无法言说的悲痛。女人感到自己的呼吸有些困难，仿佛是一种哽咽的感觉。但她确信自己没有哽咽。她很久没有哭过了，自从儿子成了“死孩子”后。

今天的客人来了。她们拎着袋子，袋子摩擦着她们的腿，窸窸窣窣地被女人迎进了屋。她们带着自家的餐具。女人家里的餐具不足以提供一次聚会的需要。卖门票的女人从自己家里带来了碟子。碟子装在塑料袋里，每一只都用报纸分开包着。这些女人，什么时候把自己这样好地保护过？

女人诧异地认为她们来早了。但是随后她就明白是自己的时间感错乱了。时候的确不早了。太阳从洞开的窗户涌进来，让这间屋子都变得陌生。这好像不是她的家一样。

没有过多的寒暄。三个女人着手准备她们的午餐。作为主人，昨天她已经买好了菜——莲藕、豆腐、豆皮、茼蒿、平菇、年糕、木耳。大家都爱吃的宽粉。当然，还有悲伤。没有荤菜。荤菜由喂象的女人负责。虽然大象不吃荤，但她可以去向别的饲养员要。喂象的女人带来了切成片的新鲜牛肉，还有一只剁成块的、血淋淋的鸡。她们打算吃火锅。

底料女人也已经买好。现在，她只需要动手将菜洗净切好。

女人在厨房里忙碌。客人在房间里四处打量。作为多年的同事，她们来过她的家吗？女人不记得了。她们不免会有些好奇，四处打量一下，也在情理之中。但女人突然忐忑起来。这个家，对外界，已经关闭多年。那时候，警察两度敲开了她的家门。第一次，是来抓她行凶的儿子。第二次，是来让她跟着去认尸。警察挺和气的，态度并不严厉。可能他们也觉得，不需要态度严厉了。对于一个母亲，还有什么，会比这两个来意更加严厉的呢？第二次，跟着警察一起来敲门的，还有那个网吧老板。警察先找到了他。此前女人和网吧老板只说过不多的几句话，多是关于儿子的，问一下儿子的去向，还有就是在街上遇到，打个招呼。他跟在警察的后面，双手插在穿着大裤衩的双腿间，像一个尿急的女人。他们连门都没有进。这让女人吁了口气。前一次警察闯进来的时候，除去那个惊人的来意，仅凭几条大汉进入她家的这个事实，就足以令她心悸。

自从丈夫和那头狮子一同失踪后，她家的门，就对外界关闭了。这个家，宛如一个尘封的床底，里面全是絮状的羞耻。丈夫失踪了，舆论普遍的说辞是，驯兽师卖掉了属于动物园的那头狮子，带着不多的几个钱，跑到南方去了。他为什么抛弃妻子？舆论说因为女人乖僻，做丈夫的不堪忍受这样的一个女人了。她乖僻在哪里呢？这也有部分属实。譬如，对于自己的家，她疏于照料，令自己的儿子身上有一股“屎味”。但是，每个星期她都会用来苏水给鹤舍消毒。舆论说，她像一只鹤。至于像一只鹤又如何，舆论就不管了。嘿嘿。大家自己去想吧。像一只鹤。公园的领导也被舆论左右了。她去向他们索要自己的丈夫，在他们眼里，似乎都没有太多的正当性。最后，舆论就成了结论：她乖僻；丈夫借机离家出走了；还拐带了动物园里的一头狮子。

现在，两个女人在她的家里逡巡。女人感到空气都紊乱了。怎么会忽略了这一点呢？怎么就没有想到，她已经不堪这样的窥伺。女人站在水池前洗菜，心思张皇。她想到了早起时床下丢弃的那几团卫生纸。踩下脚边的翻盖垃圾桶，幸好，它们在里面。和它们在一起的，有莲藕皮、菜根、包装袋、絮状的灰尘和悲伤。

厨房的门被推开了。两个女人站在门外。

“照片呢？”

她们一个开口问，一个用脸上的表情问。

女人不知所以，木讷地望着自己的客人。

“儿子的照片呢？”

喂象的女人似乎还顿了顿足。

女人立在水池边，两只手和菜一同浸泡在水里，一瞬间慌张不已。是啊，照片呢？儿子的照片呢？为什么要把它塞进抽屉里？为什么不将它隆重地摆放在醒目的位置上，像一张治病的药方或者营业的执照？为什么她不能像她们一样，正当地做一个被规定了的郁郁寡欢的母亲？她为什么羞耻？为什么因为羞耻而羞耻？她无法回答。好在，她们交换了一下心领神会的眼神，没有追问下去。

屋子是老式的屋子。没有餐厅。三个女人合力把餐桌搬在窗口，围坐在春天的阳光里。餐桌上摆着电磁炉。电磁炉？她怎么会有这样的设备呢？记不得了。可能是动物园发的福利。炉子上的锅在加热。三个丧子的母亲，在等着沸腾。动物园一墙之隔。楼下的街道常年洋溢着一种节日般的气氛。从窗口望出去，可以看到摊贩把花花绿绿的气球挂在长长的竹竿上，看到寻找车位的车辆在焦头烂额地蠕动。以前，女人经常在窗口喊自己的儿子。现在，她仿佛能够看到一个单薄的少年在这条街上呼啸而过。

两个女人一直在交谈。一个说死去的女儿。一个说死去的儿子。没有主旨的闲话。让各自的“死孩子”短暂地复活。卖门票的女人似乎说起了她女儿初潮的那些事。说得风生水起，让屋子里都有了一股少女经期的气味。

“你说呢？”

喂象的女人征求她的意见。

女人仿佛从梦中被叫醒。她已经从窗外收回了目光，也一直看着她们，貌似在安静地聆听。可是她没有听清她们在说些什么。好像是在追悔。一个说，早知道这样，就该在女儿生前满足她的一切愿望。一个说，早知道这样，就不该让儿子跑到南方去打工，养在家里，比什么都好。听着听着，女人就走神了。早知道这样，就不该生下他们。

“是不是，你说是不是？”

喂象的女人突如其来地催促她。

“噢，是。”

“就不应该放他们走，留在自己身边，总归是不会有太大的闪失。”

——不该放他们走吗？这一点她拿手的。每到秋天，女人都会及时剪短幼鹤的飞羽，以防它们飞逃。

“是。是。”

“留在身边就保险吗？我闺女从来没有离开我半步，也这样了。”

卖门票的女人不禁反驳。

大家一下子哑口无言了。这个反驳就像是当胸一击。毫不客气。有什么好说的呢，这些没有主旨的闲话！什么也阻拦不住他们的离去。怎么死的都有！病死的，轧死的，摔死的，淹死的，捅死的。女人们枯坐在春光里。电磁炉上的锅发出微弱的咕嘟声。快要沸腾了。

“天哪！”

卖票的女人陡然叫了一嗓子。另外两个女人吓了一跳。

卖票的女人用一只拳头塞在自己的嘴上，眼睛直勾勾地盯着窗外。顺着她的目光望出去，她们看到了什么？

起初，女人认为那是一只被遗弃在窗外的玩偶，趴伏在对面那座楼的一台空调外置机上。但是，她即刻更正了自己的判断，禁不住定格在幡然觉醒的那个瞬间里。那不是一个玩偶。这个裹着红毛衣的肉墩子，他在动。定睛看去，确凿无疑，是一个婴儿。他的身后，也是一扇洞开的窗户。床，一组长沙发，一组不知为何物的木质装修，连缀起来，就是一条完美的通道，错落有致地延伸到窗外的空调。屋内空无一人。透过窗框，像在电视机里一样。

一只失控的气球飘上了天空。气球飘过婴儿。他抬头了，张望自己眼前扶摇的过客。

“娃娃！”

“别动！”

喂象的女人低吼了一声。

三个女人都看到，对面的婴儿动了一下。他可能感到了危险，试图缩回去。但是，他还没有学会这一招。所以，只笨拙地表达出来一个想要缩回去的意愿。但是这个意愿，已经令人感到目眩神迷。

女人困惑地看着眼前的这一幕。透过她家的窗框，整个世界都像装在电视机里一样。在初春的阳光里，一个趴在空调外置机上的婴儿，隔壁阳台护栏的影子在他的身上犬牙交错。那应该是七楼。高吗？对于这一幕，很高。一个婴儿悬在空中。进退两难。两难吗？一个婴儿，会有这样的判断吗？他应该感到了不爽。对于这一幕，她们所处的这个角度，堪称最佳。女人可以看到，婴儿的脸皱成了一团，苦巴巴的。那一刻，女人感觉自己不在屋子里，而是被一股力量顺手也撂在了悬空的境地。

“乖乖！”

“他在干啥？”

“自己爬出去的？”

“大人呢？”

“肯定是保姆！跑出去了！出事了吧！”

两个女伴在激烈地讨论。她们像她一样，都傻掉了。仿佛不是在目睹现实中的景致。仿佛是在看情节荒唐的电视剧。电磁炉上的锅发出噗的一声。红亮的汤水掀起了锅盖。终于沸腾了。三个女人面面相觑了一下，拔腿向门口挤去。还没有冲出楼梯，街面的嘘声就传了过来。

街上的人也看到了空调上的婴儿。是那个卖气球的人首先发现的。他的一只气球不翼而飞。他用目光懊丧地追踪着自己的气球。当死下心来的时候，他也像三个女人一样，有着片刻的困惑。他甚至还点了颗烟。但他难以理解，自己的心为何这般沮丧。不过是一只气球，每天都是要损失几只的。但眼睁睁地目送着这只气球离去，却让他心烦意乱。终于，他丢下了手里的烟，仰天大吼了一声：“妈呀！”

他发出了这一天最响亮的一个声音。其后，每一声惊呼的分贝都在递减。人们自觉地认识到了，大呼小叫，此刻就是谋杀。当然也有难以置信的。

“是个人？”

“不会吧？”

“谁家大人会这么粗心！”

“猫吧？”

“你见过穿红毛衣的猫！”

“是个人！动了！”

“动了吗？我没看出来。”

三个女人的到来让群众统一了认识。卖票的女人急促地说服每一个人：“是个人，婴儿！没错的，我们从窗户里看得清清楚楚，就八九个月大吧……”

“男孩还是女孩？”

有人问。

卖票的女人愣住了。她回身征求同伴的意见：“男孩还是女孩？你们看清楚了没？”

立刻有人质疑了：“你不是看得清清楚楚吗？”

卖票的女人哇的一声哭了。但她哭得克制而沉闷，将拳头再一次塞在了嘴巴里。喂象的女人火了：“爱信不信，快去喊警察！”

说着，她自己摸出了手机报警。

空中的婴儿似乎是一个自然现象，一个他们似乎习焉不察，但却从未掂量过的自然现象。街上的交通瘫痪了。没有刺耳的喇叭声。有热心肠的人专门跑前跑后，负责向司机们解释一切。不敢高声语，恐惊天上人。观望的人群在冒着兴奋的气泡，眼见也是要沸腾的架势，却好像被捂在了一口高压锅里，激动而压抑。有人举着手机拍照，将空中的婴儿像素化。大多数人向那个位置的下方涌去，不约而同地想到要在地面构成一道防护。

“嘘——”

“嘘——”

“嘘——”

世界在一片嘘声中寂静。春天的风吹过。公园里传来一声声熟悉的鹤唳。

风声鹤唳。

“嘘——”

女人遗落在人群的后面。她再一次感到自己的呼吸有些困难，仿佛是一种哽咽的感觉。半年多来，她，她们，三个丧子母亲的聚会，那些没有主旨的闲话，那些自欺欺人的追悔，那些仿佛与己无关的剧情，都在这一刻，揭穿了。世界逼真了。成为了一个当下的世界。现在，整个世界都在屏声静气，凝望着一个婴儿的安危。这个婴儿，甚至令人愤恨。他还没有长成人形，是男是女都叫人说不清楚。可他凭什么，就这样捂住了世界粗重的呼吸，牵动了世界那颗坚硬的心？他趴伏在一台空调上，把自己的一条命摆在了世界的眼前。他蜷缩在空中，像一个肉乎乎的倒下的问号，替所有的夭折者发问。

那只飘走的气球，晃晃悠悠，又飘了回来。它再一次靠近了空调上的婴儿。气球拖曳的绳子，如同天空的把柄——拽一把，天空就会轰然坠地。

“不要惊动他。”

一个女孩在身边轻声呢喃。

这是一个卖“阳光早餐”的女孩。女人认识她。她是儿子的同学，她的父母，也是动物园里的职工。这个早早辍学了的女孩，倚在自己的推车上，着迷地仰望着空中，嘴里动情地自言自语：“——这是世界的婴儿。”

女人用手捂住了脸，顷刻间发出一声呜咽。像当年她的儿子空洞地打在了她的怀里。

请记下你与日子的美好相遇

请记下你与日子的美好相遇

请记下你与日子的美好相遇

请记下你与日子的美好相遇

请记下你与日子的美好相遇

请记下你与日子的美好相遇

请记下你与日子的美好相遇

请记下你与日子的美好相遇

请记下你与日子的美好相遇

请记下你与日子的美好相遇

请记下你与日子的美好相遇

请记下你与日子的美好相遇

请记下你与日子的美好相遇

请记下你与日子的美好相遇

请记下你与日子的美好相遇

请记下你与日子的美好相遇